| 이 소설의 배경, 캅카스 지역 |

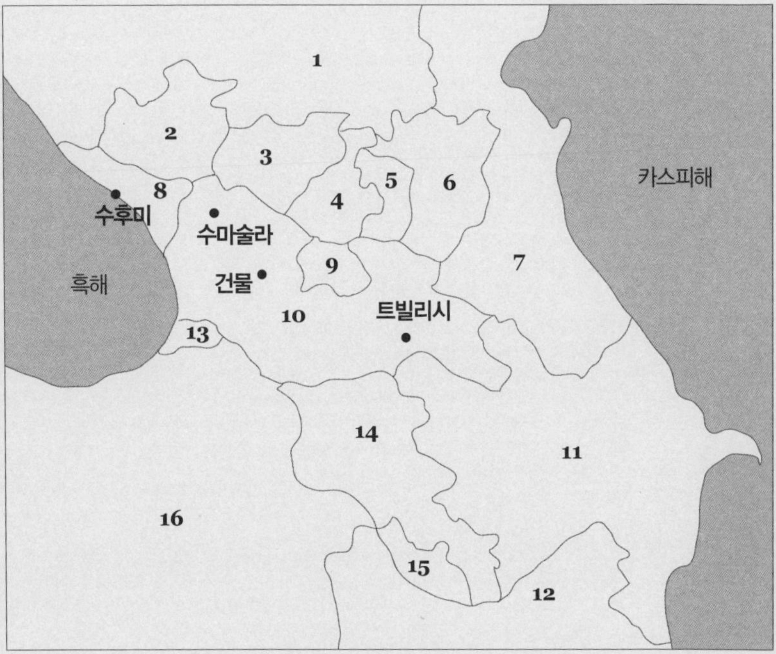


1. 러시아 연방
2. 카라차예보체르케스카야
3. 카바르디노발카르
4. 북오세티야(세베로오세티야)
5. 잉구셰티야
6. 체첸
7. 다게스탄
8. 압하지야(압하스)
9. 남오세티야
10. 그루지야(조지아)
11. 아제르바이잔
12. 이란
13. 아자리야
14. 아르메니야
15. 나히체반
16. 터키

*수마술라는 작가 안 로르 봉두가 상상해낸 가상의 도시이다.

# 기적의 시간

**LE TEMPS DES MIRACLES**
by Anne-Laure Bondoux



이 도서의 국립중앙도서관 출판시도서목록(CIP)은
e-CIP 홈페이지(http://www.nl.go.kr/ecip)에서 이용하실 수 있습니다.
(CIP제어번호: CIP2012000658)

LE TEMPS DES MIRACLES

# 기적의 시간

안 로르 봉두 장편소설 | 이승재 옮김

문학동네

어머니에게

# 1

내 이름은 블레즈 포르튄이고, 나는 프랑스 공화국 국민입니다. 이것은 거짓 없는 진실입니다.

프랑스 세관원들이 트럭 화물칸에서 나를 찾아내던 날, 나는 열두 살이었다. 내게선 압델말리크가 살던 쓰레기장 같은 악취가 풍겼고, 나는 이 말을 반복하는 것 말고는 할 수 있는 게 없었다. 내이름은블레즈포르튄이고나는프랑스공화국국민입니다이것은거짓없는진실입니다.

소중한 물건들을 여정 중에 대부분 잃어버린 터라, 여권이 남아 있는 것은 다행한 일이었다. 고속도로 휴게소에서 글로리아가 내 점퍼 주머니에 단단히 찔러넣어준 덕분이었다. 여권은 내가 1985년 12월 28일, 내 초록색 지도책 16페이지에 나오는 망슈 해안의 몽생미셸에서 태어났음을 증명하고 있었다. 하얀 바탕에 검은 글씨로 분명히 그렇게 적혀 있었다. 문제는 사진이었다. 원래 사진을 떼어내 새 사진을 붙이고 하 아저씨가 아주 그럴듯하게 공인 스탬프까지 찍어주었는데도 세관원들은 내가 진짜 프랑스 국민이라는 걸 믿지 않았다. 그 사람들에게 내가 누군지 설명하고 싶었지만 내가 아는 프랑스어 단어는 많지 않았다. 세관원들은 스웨터의 목 부분을 잡아채 나를 트럭에서 끌어내고는 호송 차량에 태웠다.

그렇게 내 어린 시절은 끝이 났다. 4번 고속도로변에서, 급작스럽게. 글로리아가 사라졌으니 이제 인권과 샤를 보들레르의 나라인 이곳에서 내 앞가림은 나 스스로 해야 한다는 사실을 깨달은 바로 그 순간에.

그 후로 나는 몇 날 며칠을 대기실에서 지내다 보호소로 넘겨졌다. 프랑스는 벽과 쇠창살, 문 들의 끝없는 연속에 지나지 않았다. 잠은 공동 침실에서 잤다. 별을 볼 수 있는 천창은 없었지만 마타신이라는 바의 다락방을 떠올리게 하는 곳이었다. 나는 세상천지에 혼자였다. 하지만 절망이 영혼을 갉아먹게 내버려둘 수는 없었다. 그리고 무엇보다 엄마를 만나러 몽생미셸에 가야 했다! 설명하기 어려운 내용은 아니었지만 나는 프랑스어를 할

줄 몰랐다. 나는 그 '끔찍했던 사고'도, 나의 삶을 거기까지 끌고 온 우여곡절도 설명할 수 없었다. 생각을 말로 표현할 수 없다는 것은 숨이 막힐 것만 같은 일이다.

지금은, 많은 게 달라졌다. 여러 해가 지났고, 이제 나는 프랑스어로 사물의 이름을 말할 수 있게 되었으며, 동사와 형용사, 접속사에 동사 변화까지 구사할 수 있게 되었다. 주머니에는 전 세계 어디에서도 문제가 없는 합법적인 새 여권도 들어 있다.

얼마 전, 트빌리시 소재 프랑스 대사관으로부터 글로리아의 행적을 찾은 것 같다는 편지를 받았다. 그래서 지금 나는 이렇게 가방 하나와 목멘 설움, 그리고 마침내 글로리아를 다시 볼 수 있다는 주체할 수 없는 희망을 안고 루아시 샤를 드골 공항 출국장에 앉아 있는 것이다. 하지만 먼저 머릿속을 정리해야겠다.

자, 먼저 내 이름은 블레즈 포르튄이다. 나는 프랑스 공화국의 국민이다. 하지만 내 인생의 첫 열두 해를 러시아 남부의 캅카스 지역에서 보냈다. 흑해와 카스피 해 사이에 있고 내 초록색 지도책 78페이지에 나오는 곳이다. 당시 나는 러시아 말을 썼고, 사람들은 나를 쿠마일이라고 불렀다. 무슨 소리야, 할 수도 있지만 아주 간단한 얘기다. 내가 내 입으로 내 이야기를 들려주기만 하면 된다. 모두 다. 차근차근.

# 2

머릿속에 남아 있는 가장 오래된 기억은 1992년, 글로리아와 내가 다른 난민 가족들과 함께 한 '건물'에서 지내던 시절로 거슬러 올라간다. 도시 이름은 기억나지 않는다. 나는 일곱 살이었다. 겨울이었고, 전쟁 통이라 전기도 난방도 들어오지 않았다.

식초 냄새에 세제 냄새가 뒤섞여 나는 곳이었다.

'건물'은 안뜰을 둘러싸고 세 동이 U자형으로 연결되어 있었다. 여자들이 안뜰 한가운데 놓인 어마어마한 양철통 주변에 모여 있었다. 밑에서는 장작이 타고 있었다. 여자들의 맨팔이 팔꿈치까지 벌겠다. 여자들은 큰 소리로 웃고 떠들었다. 빨랫감이 맷국 전 거품 속에서 끓는 동안, 구름 같은 수증기가 층층 유리창을 뿌옇게 뒤덮으며 피어올랐다.

조금 떨어진 간이 천막에서 무시무시한 세르게이 아저씨가 면도칼을 갈고 있었다. 쓱, 쓱.

세르게이 아저씨가 우리를 차례차례 불렀다.

"너! 이리 와!"

무시무시한 세르게이 아저씨는 우리 이름을 기억하지 못했다. 아이들은 너무 많고 주정뱅이의 기억력은 좋지 않았다. 아저씨가 면도칼로 우리 중 하나를 가리키며 "너!" 하면, 흰자만 보이는 한쪽 눈과 납작코가 불러일으키는 두려움 앞에서 누구도 그 명령을 거역할 엄두를 내지 못했다.

전쟁 전, 그러니까 이발사가 되기 전, 무시무시한 세르게이 아저씨는 권투선수였다. 성난 아르메니아 출신 권투선수에게 두들겨 맞고 링 위에 뻗기 전까지는 그 도시 최고의 권투선수였던 것 같다. 그날 세르게이 아저씨는 죽음과 친구를 먹었다고 글로리아가 말해주었다. 그렇기 때문에 아저씨는 특별했고 우리의 존경을 받을 만했다. 아저씨의 면도칼이 나를 지목하면 나 역시 부리나케 천막 안으로 달려들어갔다.

나는 두근거리는 마음으로 다리가 세 개 달린 둥근 스툴 위에 등 돌려 앉고는 고개를 뒤로 젖혔다. 세르게이 아저씨의 면도칼이 내 머리통을 지나가며 차디찬 고랑을 남겼다. 면도칼이 정교

하게 움직이면 머리카락이 사방으로 흩날리기 시작했다. 마침내 내 머리카락이 모조리 바닥에 떨어지면 무시무시한 세르게이 아저씨는 식초를 푼 커다란 대야에 수건을 담갔다가 그걸로 내 머리를 쓱쓱 문질렀다. 앗 따가워. 눈물이 찔끔 나왔다. 아저씨는 나를 떠밀며 스툴에서 끌어내렸다.

"엄마한테나 가봐, 코흘리개!"

나는 싸한 고통에 휩싸인 채 빡빡 민 머리로 벌떡 일어났다. 그리고 달려가 글로리아의 치맛자락에 매달렸다. 글로리아는 내 엄마가 아니었다. 나도 그건 잘 알았다. 하지만 나에겐 글로리아뿐이었다.

"멋진데!" 글로리아는 거품 묻은 두 손으로 내 머리통을 어루만지며 외쳤다.

나는 고개를 들어 글로리아의 얼굴을 바라보았다. 글로리아가 허리를 굽혀 내 뺨에 입을 맞추며 속삭였다.

"눈이 부실 정도로 멋지세요, 므시외 블레즈."

눈물이 나는데도 저절로 입이 씩 벌어졌다. 나는 글로리아가 프랑스 말로 나를 '블레즈 씨'라고 불러줄 때, 그리고 아무도 그 말을 알아듣지 못할 때가 정말 좋았다!

"이제 가서 놀아, 쿠마일." 글로리아가 큰 소리로 말했다. "나 바쁜 거 보이지?"

나는 눈물을 훔친 다음 안뜰에 흩어져 놀고 있는 다른 빡빡이 무리를 향해 뛰어갔다.

세탁, 웃음, 면도칼, 식초…… 머릿니, 벼룩, 온갖 기생충, 그리고 글로리아의 말로는 세상에서 가장 경계해야 할 절망이라는 녀석과 벌이는 우리의 전투 같은 일상은 그렇게 흘러갔다. 글로리아는 절망이라는 기생충이 세르게이 아저씨를 링 위에 드러눕힌 아르메니아 권투선수보다 훨씬 더 교활하고 위험하다고 했다. 눈에 보이지는 않지만 어디든 교묘히 침투해 들어간다고, 아무 대처도 하지 않고 그냥 두면 내 영혼을 야금야금 갉아먹을 수도 있다고. 나는 걱정스러웠다. 눈에 보이지도 않는데 절망에 걸렸는지 안 걸렸는지 어떻게 알아? 세르게이 아저씨의 면도칼로도 없애지 못하면 어떻게 해? 글로리아는 나를 꼭 안으며 자신에게 한 가지 치료약이 있다고 말했다. 내 옆에 꼭 붙어 있으면 절대 절망에 걸리지 않을 거야. 오케*?

"오케."

---

* 프랑스에서도 '알겠다'는 뜻의 영어 단어 'OK'를 빈번하게 사용하지만 발음은 '오케'라고 한다.

# 3

우리는 '건물' 2층에 있는 방 한 칸에 살았다. 장작 난로를 끼고 돌면 한쪽 벽에서 다른 쪽 벽까지 여섯 걸음 정도 되는 곳이었다. 벽지는 너덜너덜 떨어졌고 그 뒤의 칠도 벗겨져 있었다. 회반죽벽을 손톱으로 긁으면 벽돌까지 드러났다. 땅에서 올라오는 습기 때문에 건물 곳곳이 부식되고 균열이 나 있었다. 강에서 멀지 않은 곳이었기 때문이다. 너무 낡아서 이미 철거되었어야 했지만 운 좋게도 전쟁이 불도저를 막아준 셈이었다. 그래서 지금은 우리의 피난처이자 바람과 민병대를 피하는 은신처로 사용되고 있었다.

바람에 대해서라면 나도 일가견이 있었다. 바람은 눈사태의 속도로 산을 타고 내려와 건물 문틈으로 들이쳐서 우리를 뼛속까지 얼려버렸다. 하지만 민병대에 대해서는 막연히 상상만 할 뿐이었다. 그들에 대해 아는 것이라고는 무시무시한 세르게이 아저씨의 뒤집힌 한쪽 눈보다 훨씬 더 끔찍하다는 것과, 건물에 모여 사는 사람들에게는 각자 민병대를 경계해야 할 이유가 있다는 것뿐이었다. 그래서 우리는 감시탑을 세웠고 네 명이 한 조가 되어 매일 밤 건물의 출입구를 감시했다. 나 같은 어린아이들은 가장 나이 많은 조장이 끼워줄 때에만 감시조에 들어갈 수 있었다.

어른들은, 만약 군화를 신은 남자들이 우리 건물을 향해 다가오거나 가죽점퍼를 걸치고 손에 곤봉을 쥔 사람들이 나타나면 그 즉시 안뜰로 뛰어가 천막에 걸려 있는 종을 미친놈처럼 치라고 가르쳐주었다.

미친놈처럼 종을 쳐야 하는 또다른 경우는 다음 세 가지다.

- 건물에 불이 난 경우.

- 건물이 무너지려는 경우.

- 프세즈카야 강물이 범람한 경우.

이런 비상사태 외에 장난으로 종을 치면, 누구든 그 즉시 '건물'에서 추방돼. 무슨 말인지 알겠지?

민병대에게 잡히면 어떻게 되느냐고 묻자 글로리아의 표정이 굳어졌고, 나는 곧바로 그런 질문을 한 걸 후회했다.

"일곱 살짜리 꼬마 녀석이 그런 것까지 알 필요는 없어. 넌 그냥 규칙만 지키면 되는 거야, 쿠마일."

나는 글로리아가 가르쳐준 대로 "오케"라고 프랑스 말로 대답한 다음 친구들과 놀기 위해 계단통으로 달려갔다. 그곳은 그때그때 상황에 따라 우리의 요새가 되기도 하고 전함이 되기도 하는 곳이었다.

그 시절 나와 같이 놀던 아이들의 이름은 에밀, 바크사, 레베카, 타스민, 그리고 파이나였다. 모두들 비쩍 마르고 꾀죄죄했지만 미꾸라지처럼 날렵했다. 몇몇은 나처럼 러시아 말을 했지만 그렇지 않은 아이들도 있었다. 하지만 아이들이 서로를 이해하는 데 언어가 무슨 상관이겠는가. 우리는 숨이 턱에 닿도록 사방을 뛰어다녔다. 계단을 쏜살같이 뛰어내리고, 옥상에 널어둔 이불 뒤나 화장실에 숨었다가 늙다리 한스카 부인을 겁주기도 했다. 우리의 웃음소리는 바람보다 더 빠른 속도로 건물 전체에 퍼져나갔다.

글로리아는 내 웃음소리를 듣는 게 좋다고 했다. 그보다 더 중요한 일은 세상에 없다고 했다.

나도 글로리아의 웃음소리를 듣는 게 좋았다. 그런데 글로리아는 자주 기침을 했다, 나는 그게 정말 싫었다. 순식간에 얼굴이 푸르죽죽해지고 숨을 헐근거리면 글로리아의 가슴 속에서 개

짖는 소리가 들리는 것 같았다. 물론 나는 의사는 아니었지만 그 기침이 죽음을 떠올릴 만큼 불길하다는 것은 알 수 있었다. 글로리아가 죽으면 어떻게 되는 거지?

"이런, 이런!" 글로리아는 한 차례의 기침 발작이 지나가면 웃음을 터뜨리며 말했다. "장례식장에 온 것 같은 그런 표정 짓지 마세요, 블레즈 씨! 제가 나무처럼 튼튼하다는 거 잘 아시잖아요! 자, 얼른, 쿠마일! 저녁 먹고 싶으면 가서 물이나 좀 떠 오렴!"

나는 양동이를 들고 한달음에 펌프가 있는 안뜰로 내려갔다. 나는 누군가를 돕거나 거드는 일을 마다하지 않았다. 빨리 커서 어른이 되고 싶었기 때문이다. 나는 막연하게나마 우리가 살고 있는 이 세상이 어린아이나 약자에게 매우 적대적이라고 느꼈다. 아주 빨리 달릴 수 있게 두 다리가 길어지고, 글로리아가 '군장'이라고 부르는 카키색 가방을 혼자 멜 수 있을 정도로 덩치가 커질 날만을 꿈꿨다.

건물에 살게 된 이후로 군장은 언제나 문 위쪽 선반에 놓여 있었다. 당장은 가방 안에 든 것이라야 글로리아가 혼자만의 비밀들을 숨겨둔 양철통 하나가 전부였지만, 내게는 그걸 열어볼 권리가 없었다.

나머지는 방 안에 뒤죽박죽 어질러져 있었다. 옷가지, 내 초록색 지도책, 담요, 조리 도구들, 줄 없는 바이올린, 라디오 수신기,

그리고 차를 끓이는 바실리 할아버지의 사모바르. 나는 만약 종소리가 울리면 어떻게 대처해야 하는지 잘 알고 있었다. 의자 위에 올라가 군장을 내린 뒤, 재빨리 우리 물건들을 집어넣을 것. 가끔은 머릿속으로 '의자, 군장, 소지품 챙기기'의 긴급 상황 대처법을 훈련해보기도 했다. 그리고 물마개를 뽑아버린 욕조처럼, 사람들이 다 빠져나가 건물이 순식간에 비는 모습도 상상해보았다. 나는 건물에서 나온 다음에는 어떻게 하느냐고 글로리아에게 물었다. 글로리아는 어깨를 으쓱하며 대답했다.

"지금까지 해온 대로 하는 거야, 쿠마일. 또다른 지평선을 향해 곧장 걸어가야지."

"오케."

우리 건물 사람들에게는 저마다 사연이 있었다. 지진, 탄광 폭발 사고, 감옥 생활, 무역항에서 벌인 포커 판, 출산, 이별과 재회 등등. 막스 할아버지조차도 도살장에서 일하다 손가락 세 개가 잘린 사연을 들려줄 수 있었다. 내게는 그 모든 이야기가 새롭기만 했다. 나는 끊임없이 질문하며 빠르게 배워나갔다. 하지만 그 어떤 이야기도 매일 밤 잠자리에 들기 전 글로리아가 속삭이듯 들려주던 나에 관한 이야기만큼 흥미진진하지는 않았다.

"또 해달라고?" 난로에 장작 몇 개를 집어넣으며 글로리아가 말했다.

"응. 또 해줘! 하나도 빠뜨리지 말고!"

글로리아는 침대 위에 앉았다. 얼굴 위로 난롯불 불빛이 어룽거렸다. 글로리아는 양털 담요를 내 코밑까지 끌어올려준 다음 이야기를 시작했다.

"여름이 끝나갈 무렵이었어. 나는 우리 아버지, 그러니까 바실리 할아버지네서 살고 있었지."

"사모바르 준 할아버지?"

"그래, 쿠마일. 당시 바실리 할아버지한테는 캅카스 지역에서 가장 아름다운 과수원이 있었어. 네가 봤으면 깜짝 놀랐을 거야. 엄청나게 넓은 땅에 사과나무, 배나무, 복숭아나무, 살구나무가 가득했거든! 과수원 한쪽에는 강이 흘렀고, 다른 한쪽에는 기찻길이 있었어……"

"글로리아가 젬젬이랑 산책하던 그 기찻길!"

순간 글로리아의 눈에서 불덩이 하나가 이글거렸다.

"기다려, 너무 앞서 가잖아…… 너도 알다시피 나는 항상 차근차근 이야기한다고."

나는 글로리아의 손을 꼭 잡고 더이상 아무 말도 하지 않았다. 그리고 나의 이야기를 조용히 들었다. 차근차근.

# 4

바실리 할아버지는 기다란 콧수염을 뾰족하게 다듬고 바지에 단단히 고정시킨 멜빵을 메고 다녔다. 웃을 때면 기다란 콧수염이 귀를 간질였고, 두 팔을 하늘로 들어 올리면 멜빵이 바지를 바싹 끌어올리는 바람에 털북숭이 장딴지가 드러났다.

바실리 할아버지는 자주 웃는 사람이 아니었다, 절대로. 오히려 하루에도 몇 번씩 매일의 삶에 대한 걱정 때문에 절망적인 표정으로 하늘을 향해 두 팔을 들어 올렸다. 그러고는 과수원 전체에, 특히 일꾼들에게 욕을 퍼부었다.

"어서 서두르지 못해, 이 둔한 녀석들아! 복숭아는 조심히 다뤄야지! 살구는 살살 만지라고! 내가 화가 치밀어 네놈들에게 벼락을 내리치기 전에 저 트럭 당장 고쳐놔!"

일꾼들은 다음 잔소리가 이어질 때까지 분주히 움직였고, 바실리 할아버지는 궤양으로 쓰린 속을 달래며 콧수염을 동그랗게 말아 올렸다.

다행히 바실리 할아버지에게는 흠잡을 데 없는 아내 리우바 할머니가 있었다. 바실리 할아버지 말로는 시금털털한 인생의 혓바닥 위의 꿀 같은 존재였다. 리우바 할머니는 여섯 아이를 낳아주었다. 여섯이나! 그중 유일한 딸이 바로 글로리아였다.

저녁이 되면 온 가족이 통나무집에 모여 앉아 노래를 부르고 고기 파이를 먹으며 사모바르에 차를 끓여 마셨다. 어린아이들은 엄마 다리 사이에, 큰 아이들은 아빠 옆에, 가족 모두가 양탄자 위에 둥그렇게 모여 앉았다. 글로리아는 항상 바실리 할아버지의 왼쪽에 앉았다.

"언젠가는 내가 가진 것들이 너희들 차지가 될 거다." 바실리 할아버지가 아들들에게 말했다. "풍요로운 땅과 거기서 나는 모든 기적 같은 열매들이 다 너희들 거야. 하지만 골치 아픈 일거리들도 따라가게 되겠지. 너희들에게 그 모든 걸 다 넘겨줄 테다! 얼마나 속이 후련할까! 그때가 되면 난 일을 그만두고 쉴 생각이다. 너희들도 더이상 아버지 잔소리를 들을 필요가 없어지겠지. 나는 위궤양으로 고생하지 않아도 될 테고."

그러고는 글로리아를 바라보았다.

"글로리아 네 경우는 다르다. 넌 스스로 선택을 하거라."

글로리아는 이마를 찌푸리며 되물었다.

"무슨 선택요? 왜 전 다른데요?"

"넌 나의 하나뿐인 딸이잖니. 원한다면 이 집은 네 차지가 될 수도 있어. 그러면 넌 이 집의 여왕이 될 테지. 하지만…… 난 너를 안다. 넌 아마 이 집을 떠날 거야."

글로리아는 남자형제들을 번갈아 바라보았다. 운동선수처럼 어깨가 떡 벌어진 포티아와 올레그, 두꺼운 안경알 뒤로 곁눈질하는 아나톨리, 머리카락이 양털보다 더 곱슬곱슬한 이에프렘, 그리고 아기 천사의 미소를 지닌 도브로미르. 글로리아는 엄마에게로 시선을 돌렸다. 엄마의 얼굴은 치렁치렁 내려온 검은 머리에 가려 있었다. 그리고 집 안을 장식하고 있던 가구들과 양탄자, 벽에 둥근 원을 아롱아롱 그려대는 전등들을 차례로 둘러보았다. 밤바람을 맞으며 과수원이 속삭이는 소리가 들렸다. 왜 이런 천국 같은 곳을 떠난단 말인가?

"아빠가 틀렸어요. 전 여길 떠날 생각 없다고요!"

글로리아는 그걸 증명해 보이기 위해 남자형제들처럼 일했다. 매일같이 허름한 멜빵바지를 입고 머릿수건을 단단히 여민 다음 과수원에 나가 일했다. 과일나무 손질법과 병충해 예방법, 새들이 열매를 파먹지 못하도록 그물 치는 법도 배웠다. 수확철에는 자루 하나를 목에 걸고 제일 먼저 사다리를 타고 올라가 열심히 과일을 땄고, 제일 먼저 아래로 내려와 트럭으로 달려가서는 몇 킬로그램이나 되는 사과를 화물칸에 실었다.

글로리아는 그렇게 커갔다. 어느덧 큰오빠인 포티아만큼 힘이 세지고, 둘째 오빠 올레그만큼 강인해졌다.

열여섯 살이 되던 해, 글로리아는 트럭 운전을 배웠다.

열일곱 살이 되던 해, 글로리아는 과수원의 여느 일꾼들처럼 자동차 엔진을 수리하고 실린더에 기름칠을 할 수 있게 되었다. 저녁이면 양팔에 검은 기름 얼룩을 묻힌 채 헝클어진 머리를 하고 바실리 할아버지의 왼쪽에 앉았다. 그 모습은 마치 한 송이 야생화처럼 아름다웠다. 글로리아는 거듭 말했다.

"전 이곳을 떠날 생각이 없어요. 왜 아빠는 자꾸 제가 다르다고 하시는 거예요?"

바실리 할아버지는 멜빵을 당겼다 탁 놓았다. 대답하고 싶은 마음이 없다는 뜻이었다.

그러던 어느 날, 글로리아는 자신이 남자형제들과 다르다는 사실을 깨닫게 되었다. 기찻길 옆 살구나무 길 안쪽에서 젬젬을 만난 날이었다.

젬젬은 바실리 할아버지가 고용한 많은 계절노동자들과 함께 트럭을 타고 도착했다. 젊고 가난한 사람들이었다. 그들은 먼지를 잔뜩 뒤집어쓰고 있었다. 하지만 젬젬은 무언가 달라 보였다. 뭐라 꼬집어 말할 수는 없지만…… 마치 머리 위에 태양이 떠 있는 것 같았다. 물론 글로리아의 눈에는 그 많은 사람들 중에서도 젬젬의 모습만 보였다. 그러다 젬젬과 시선이 마주친 순간 하마터면 사다리에서 떨어질 뻔했다.

점심때가 되자 평소와 달리 글로리아는 과일 따는 일꾼들과 어울려 밥을 먹지 않았다. 조용히 걸으며 생각을 정리하고 싶었고…… 허기라곤 느껴지지 않았다. 글로리아는 기찻길을 따라 걸으며 무리로부터 멀어져갔다.

돌아가려고 발걸음을 돌리는 순간, 바로 뒤, 눈앞에 젬젬이 와 있었다.

"보니까 물도 안 가지고 가던데. 이런 뙤약볕 아래에서 물 한 모금 안 마시고 오래 있는 건 좋지 않아. 자, 이거 마셔."

젬젬은 물통을 건넸다.

놀란 글로리아는 기찻길의 침목 위로 맥없이 주저앉고 말았다.

"거봐." 젬젬이 웃으며 말했다. "벌써 힘이 다 빠졌잖아!"

글로리아는 물병을 받았다. 뺨이 화끈거렸다.

"네가 일하는 거 봤어. 정말 대단하던데! 과일 따는 속도가 제일 빠르더라고!"

글로리아는 한 마디도 할 수 없었다. 사랑에 빠지면 그렇게 되는 모양이었다. 그때 갑자기 기찻길이 부르르 떨렸다.

"기차야!"

글로리아가 젬젬을 옆으로 밀치며 나동그라졌다. 그리고 두 사람은 마치 그렇게 굳어버린 듯, 서로 몸을 포갠 채 그대로 있었다.

기차가 지나가자 뜨거운 금속 열기의 소용돌이가 훅 끼쳐왔다. 글로리아의 심장은 열차 소리에 맞춰 뛰고 있었다. **칙칙폭폭, 쿵쾅쿵쾅**. 유년 시절 가장 아름다운 날이었다.

그 뒤로 두 사람은 점심시간마다 기찻길에서 만났다. 균형을 잡으며 철로를 걷기도 하고, 금속 줄타기 곡예사 흉내를 내는가 하면, 급행열차 도착 시간을 두고 내기를 하기도 했다. 좀처럼 시간을 정확히 지키는 일 없는 고물 기차였지만 대체로 점심시간이 끝나기 전에는 열차 오는 소리를 들을 수 있었다.

그렇게 수확철이 끝나갈 무렵까지 두 사람은 백스물일곱하고도 몇 번 더 입맞춤을 했다. 그리고 그 끔찍한 사고를 목격했다.

# 5

이야기가 이쯤 이르면, 졸음이 싹 달아난 나는 담요에서 기어나와 무릎을 꿇고 침대에 앉았다. 그러고는 두 주먹으로 매트리스를 팡팡 두드렸다.

"하나도 빠뜨리면 안 돼! 다친 사람들, 뒤집어진 객차, 불길, 모두 다!"

그러면 글로리아가 눈을 부릅떴다. 그럴 때마다 나는 흥분을 가라앉히고 얌전히 침대에 누워 글로리아가 어서어서 결정을 내려주기를 기다려야 했다.

나는 너덜거리는 천장 벽지를 올려다보며 지겹다는 듯 오십까지 숫자를 세었고, 그러다 차분해졌다. 그러면 글로리아가 입을 열었다.

"급행열차 오는 소리를 먼저 들은 건 젬젬이었어."

"젬젬은 귀가 밝아, 그렇지?"

"아주 밝았지. 젬젬은 먼 곳에서 왔거든. 사냥꾼 부족 출신인데다 젬젬의 아버지는……"

"……촌장이었어! 나도 알아! 젬젬은 죽은 사람들이 속삭이는 말까지 들었어……"

"맞아. 그래서 기차가 끽 하는 소리며 기적을 울리는 소리를 나보다 먼저 들을 수 있었던 거야. 젬젬은 내 손을 아주 꼭 잡았어. 무언가 이상한 일이 벌어지고 있다는 걸 깨달은 거지. 우리는 철로 옆으로 막 뛰기 시작했어. 그런데 갑자기……"

"쾅!"

"그래, 쾅! 뭔가 끊어지는 듯한 소리에 이어 끔찍한 폭발음이 들려왔어. 머리털이 곤두설 만큼…… 그러더니 구름 같은 연기가 피어오르기 시작했지. 우리가 땀범벅이 되어 숨을 헐떡이며 도착했을 땐……"

"기차가 탈선한 직후였어, 그렇지?"

"맞아. 배나무들이 자라던 곳이었어. 우리는 거기서 화염에 휩싸인 기관차를 발견했단다. 객차들은 기찻길에서 튕겨져나가 도미노처럼 뒤집혀 있었지. 부서진 잔해에 깔린 사람들은 비명을 질러댔고, 객차에서 빠져나온 사람들은 넋을 잃고 땅바닥에 주저앉아 있었어. 불길이 나무로 옮겨붙기 시작했고."

"사람들한테도 불이 붙었어? 사람들이 불에 타는 걸 봤어?"

"아니, 그건 못 봤어, 쿠마일. 하지만 냄새가 너무 지독했어."

"불에 탄 돼지 냄새처럼!"

"훨씬 지독했어. 그 냄새는 말로는 설명 못 해. 젬젬은 나한테 다친 사람들을 도와주라고 말하고는, 사람들을 불러 모으러 우리 집으로 뛰어갔어."

"그리고 물 뿌리는 살수차도!"

글로리아는 고개를 끄덕였다. 내가 세세한 부분까지 모조리 기억하고 있다는 건 글로리아도 알고 있었다. 누가 나더러 이야기해보라고 해도 내가 직접 겪은 일처럼 들려줄 수 있었다. 하지만 난 듣는 걸 더 좋아했다.

"나는 얼른 열차 꼬리칸으로 뛰어가 어느 노인의 다리에 내려앉은 나무 파편을 들어 올리고 있는 남자 두 명을 도왔어. 주변을 둘러보니 도움이 필요한 사람들은 너무 많은데 도와줄 수 있는 사람이 많지 않았어. 부서진 다섯번째 객차에서 아이 두 명을 빼내고 있는데, 그 순간 여자 목소리가 들렸어."

나는 프랑스어 억양을 흉내 내며 새된 목소리로 외쳤다.

"오스쿠르에데무아(살려주세요, 도와주세요)!"

"맞아, 오스쿠르에데무아! 나는 부서진 객차 틈으로 들어갔지……"

나는 글로리아를 보면서 웃음을 터뜨렸다.

"그때는 젓가락처럼 비쩍 말랐었어! 그러니까 그 틈새로 들어갈 수 있었던 거야. 그렇지?"

글로리아가 내 볼을 살짝 꼬집었다. 삐친 척했지만 사실은 아니었다.

"살이 좀 쪘죠. 인정하겠어요, 블레즈 씨…… 그런 건 좀 그냥 넘어가주시겠어요? 객차 안으로 미끄러져 들어가 엉망이 된 좌석 사이로 기어갔더니 여자가 보였어. 얼굴에 피를 흘리며 구석에서 공처럼 몸을 웅크리고 있었지."

그 대목부터는 더이상 글로리아의 말을 끊지 않았다. 단어 하나하나가 중요했기 때문이다.

"가까이 다가가 봤더니 품속에 아기를 꼭 끌어안고 있었어. 여자는 애원의 눈길로 나를 바라봤고, 나는 그 여자가 바라는 게 뭔지 알 수 있었어."

글로리아는 한 손을 내 이마 위에 올렸다. 그러고는 가슴이 녹아내릴 만큼 부드러운 미소를 지어 보였다.

"그 여자는 허리를 심하게 다쳐서 움직이질 못했어. 나는 팔을 뻗어 아기를 받고는 내 품에 안았어. 여자는 프랑스 사람이라면서 이름을 말해주었어. 잔 포르튄. 그러고는 아들을 가리키며 이렇게 속삭였지. 블레즈. 그렇게 해서 널 구하게 된 거야. 바실리 할아버지와 젬젬이 살수차에 올라탄 구조대원들과 함께 도착했을 때 난 눈물을 흘리며 배나무 아래에 서 있었어. 사람들은 불을 끄기 시작했고 도끼와 전기톱으로 객차를 절단해 생존자들을 구출했어. 나는 너를 안고 기다리고 있었고. 너는 내 품에 잠들어 있었기 때문에 사람들이 너희 엄마를 밖으로 구해내는 걸 보지 못한 거야."

나는 담요 안에서 두 눈을 크게 뜬 채 부들부들 떨었다. 모든 게 눈앞에 보였기 때문이다. 무척 창백했던 엄마의 얼굴, 피로 엉겨 붙은 꿀빛 머리카락, 젖은 수건처럼 늘어진 몸. 엄마는 눈을 감고 불에 그슬린 풀밭에 누워 있었다. 죽었을까?

"단지 기절한 것뿐이었어. 확실하다니까." 글로리아가 이야기를 이어나갔다. "시내에서 구급차 여러 대가 도착했지. 너희 엄마를 싣고 가는 차에 올라타고 싶었지만 의사들이 가로막았어. 부상자가 너무 많아 자리를 내주어야 했거든…… 그때 젬젬이 나에게 다가왔고, 나는 아기를 보여줬어. 젬젬은 네 뺨 위에 손을 올려놓고 넌 기적 같은 아이라고 했어. 그러자 네가 눈을 떴단다. 네가 정말 그 말을 이해한 것 같았다니까."

밤은 이미 오래전에 내려앉아 있었다. 귀에 익숙한 소리들이 들려왔다. 층간 복도의 말소리, 위층 발소리, 한때 국립 오페라

단의 가수였다는 탈리아의 발성 연습 소리. 끔찍한 열차 사고 장면을 떠올리고 엄마의 척추뼈가 부러졌다는 소리를 들어도 나는 결코 온전한 슬픔을 느끼지 못했다. 지구처럼 오래된, 마치 전설 같은 사건들에 대해 듣는 것 같았으니까.

글로리아는 자리에서 일어나 미지근해진 차를 다 따라 마셨다. 내 몸이 매트 위로 묵직하게 내려앉았다. 나는 하품을 했다.

"글로리아가 젬젬과 함께 사방으로 우리 엄마를 찾아다녔지만 소용없었어. 병원에 입원한 환자 기록부에도 나와 있지 않았고. 그렇지? 나를 다른 곳에 맡기려 했지만 아기를 맡아주겠다는 사람은 아무도 없었어. 그래서 글로리아가 이렇게 나를 돌봐주고 있는 거야."

글로리아는 한숨을 내쉬었다. 졸려 보였지만 이야기가 끝날 때까진 내가 자기를 놓아주지 않으리란 걸 잘 알고 있었다.

"모든 상황이 뒤죽박죽이었어. 전쟁이 터져버렸기 때문이지. 사실 열차는 우연히 탈선한 게 아니었어. 고의적인 사고였지. 민병대가 과수원에 들이닥쳐 징발에 나섰어. '전쟁에 이겨야 한다'

면서 말이야. 집과 트럭, 심지어 과일나무들까지 모조리 빼앗아 갔단다. 우리한테 남은 건 오두막 하나뿐이었어. 젬젬과 남자 형제들은 모두 군대로 끌려갔지. 떠나기 전에 자신들의 소중한 물건을 나한테 선물로 남겨줬어."

나는 그 소중한 물건들의 목록을 줄줄 외우고 있었다.

"포티아는 라디오 수신기를 줬는데 건전지 넣어두는 걸 깜빡했고, 올레그는 줄 없는 바이올린을 줬지? 이에프렘은 초록색 지도책을 남겼고, 도브로미르는 따뜻한 양털 담요를 주고 갔어. 그리고 아나톨리는 시집 한 권을 줬는데, 불행히도 잃어버렸고."

그러고 나면 언제나 똑같은 질문으로 말을 마쳤다.

"그런데 젬젬은? 젬젬은 뭘 주고 갔어?"

글로리아는 검지를 입술 위로 가져가며 그건 비밀이라고 했다. 젬젬이 남겨준 선물은 너무나 소중하고 아름다워서 절대 말해줄 수 없다는 것이었다. 나는 언제나 실망했다. 간청하고, 강요하고, 애원해봐도 소용없었다. 글로리아는 미소를 지으며 말했다.

"언젠가 말해줄 날이 올 거야……"

"그게 언젠데?"

"언젠가."

나는 항복의 한숨을 내쉬며 이야기를 마저 해달라고 말했다.

"젬젬과 남자형제들이 떠난 뒤에 나는 아빠 엄마를 찾아갔어. 그리고 나도 떠나겠다고 말했지. 난 너를 책임져야 했고, 그러려면 너를 데리고 군인들과 폭탄으로부터 멀리 떨어진 곳으로 가야 했어. 우리 엄마, 리우바 할머니는 집에서 쓰던 조리 도구를 선물로 줬어. 아빠, 그러니까 바실리 할아버지는 사모바르를 주면서 이렇게 말했지. '그것 봐라. 이 아빠가 넌 떠날 거라고 말하지 않았니…… 가라, 우리 딸. 행복하게 살 수 있는 보금자리를 찾아 떠나가거라.'"

나는 글로리아가 자주 되풀이하는 말을 덧붙였다.

"그래서 할아버지가 글로리아 보엠*이라는 별명을 지어준 거잖아. '보엠'은 영원히 자유롭고, 모든 국경을 넘나들 수 있다는 뜻이니까."

"그래, 쿠마일. 바실리 할아버지는 그러고 나서 멜빵을 당겼다가 탁 놓았어. 더이상 말하고 싶지 않다는 뜻이었지."

글로리아의 눈빛에 어둡고 슬픈 그림자가 내려앉았다. 글로리아는 다른 매트리스 위에 길게 누웠다. 나는 담요 아래에서 언덕처럼 오르락내리락하는 글로리아의 배를 바라보았다. 글로리아는 기침을 하고 또 하고 또 했다. 목구멍이 찢어질 것 같았다.

나는 목이 메는 것을 풀기 위해 침을 삼켰다. 그러고는 글로리아에게 위안이 되기를 바라며 말했다.

"언젠가 젬젬을 다시 만나게 될 거야. 난 우리 엄마를 다시 만나고."

* 보헤미안을 의미한다.

난로 속에 넣은 장작이 마침내 다 탔다. 글로리아는 평소의 호흡을 되찾았고, 나는 마지막 질문을 던졌다.

"그런데 우리 아빠는? 열차에서 우리 아빠는 보지 못했어?"

"응, 쿠마일. 네 아빠는 보지 못했단다."

난민들의 건물에 침묵이 내려앉았다. 깊은 어둠 속에서 글로리아가 속삭였다.

"이제 자야지, 기적 같은 꼬마 친구. 내일은 더 나은 삶이 펼쳐질 거야."

## 6

우리 건물에는 온갖 부류의 사람들이 살았다. 강제 징발로 농장을 빼앗기고 쫓겨난 농민들, 일자리를 잃은 노동자들, 정신이 오락가락하는 노인들, 갈 곳 없는 뱃사람들, 남편 없는 여자들, 탈영병들, 명상하는 수도사, 한때 국립 오페라단 소속 가수였던 탈리아까지. 그리고 압델말리크라는 이름의 키 큰 흑인 청년도 있었다.

압델말리크는 에밀의 집 바로 옆, 그러니까 쓰레기장으로 사용되던 곳에 살았다. 물론 압델말리크가 살기 시작하면서 그곳에 쓰레기를 버리는 사람은 아무도 없었지만 사방 벽에 밴 악취는 어쩔 도리가 없었다. 압델말리크는 피가 날 때까지 박박 씻어 댔는데도 언제나 상한 버터와 썩은 과일 껍질 냄새를 풍겼다.

"죄송합니다." 다른 집에 들어가야 할 때마다 압델말리크는 항상 그렇게 말했다.

처음에는 다들 코를 틀어막았지만 그 냄새에도 어느새 익숙해졌다.

에밀은 압델말리크가 열아홉 살이고 감옥에서 도망쳤다고 했다. 그가 격투기를 배운 곳이 바로 감옥이었다고도 했다.

"당연히 그래야 했을 거야! 감옥에서는 맞서 싸우지 않으면 죽는 법이거든!"

우리에게 구경시켜준다며 압델말리크는 안뜰에서 혹은 바람이 잔잔한 날에는 건물 옥상에서 격투기 시범을 보였다. 우리가 그를 빙 둘러싸면 시범이 시작됐다. 한 발로 뛰어올라 얼굴 높이로 주먹을 날린다…… 이얍! 가상의 상대가 취하는 반격을 피하기 위해 몸을 숙인다. 그리고 퍽! 발 차기! 그는 뒤로 돌았다가 다시 앞을 향했다. 두 팔로 보이지 않는 상대들의 턱을 날리고, 두 다리로 상대를 후려치고 고꾸라뜨린다. 구경하던 우리들도 그 리듬에 맞춰 박수를 친다. 마치 춤판이라도 벌어진 양.

"에이……" 에밀은 한숨을 쉬었다. "너무 시시하잖아! 난 진짜 상대하고 붙는 제대로 된 격투를 보고 싶다고."

"그러려면 세르게이 아저씨한테 부탁해야 할걸."

내 말에 모두들 맞장구쳤다. 무시무시한 세르게이 아저씨만이 압델말리크와 대적할 수 있었다. 하지만 감히 그런 제안을 한다는 것 자체가 엄두가 나지 않았다.

어떤 날에는 한스카 부인이 우리에게 수업을 해주었다. 늙다리 부인은 한때 소녀들을 위한 시설을 운영했었다며 거들먹거렸다. 정확히 무슨 뜻인지는 몰랐지만, 아무튼 그렇게 말했다. 그리고 거드름 피우듯 가슴을 내밀고 다녔다. 한스카 부인 말로는, 그렇기 때문에 자신은 우리에게 기본 교육을 시킬 자격이 있다고 했다.

싫어하는 사람은 아무도 없었다. 학교는 괜찮은 오락거리였다. 덕분에 우리에게는 잡일이나 계단을 시끄럽게 뛰어다니는 것 외에 할 일이 생겼다. 우리는 한스카 부인의 비좁은 방을 빽빽하게 채웠다. 먼저 온 사람들이 의자나 바닥을 차지했다. 늦게 온 사람들은 현관문에 기대 서 있어야 했다. 사람들이 많으면 겨울에는 따뜻해서 좋았다. 여름이면 이마에 땀방울이 맺히고 관자놀이에 땀이 줄줄 흐르는 사람들로 북적였다.

한스카 부인은 낡은 책을 뒤적여 수업을 준비했다. 그리고 무슨 말인지 이해되지도 않는 여러 가지 것들을 되는대로 따라 하게 했다. 속담, 세계 7대 불가사의, 지진의 강도를 측정하는 리히터 규모, 헤라클레스의 열두 가지 과업, 태양계의 행성들을 비롯해 요리법, 노래, 세계의 수도, 꽃말 등등.

나의 지식은 방대하고도 잡다했다. 곧 여덟 살이 되는데 이제 겨우 내 이름이나 쓰는 수준이었지만, 모스 경도계는 1부터 10까지 틀리지 않고 외울 수 있었다. 활석, 석고, 방해석, 형석, 인회석, 정장석, 석영, 황옥, 강옥, 금강석.

어느 날 한스카 부인이 캐럴을 가르쳐주고 있는데 탈리아가 시뻘건 얼굴로 불쑥 들어오더니 고함을 질렀다. "그만!"

그러더니 바닥에 앉은 사람들 사이를 성큼성큼 지나 앞쪽에 가서 섰다. 그리고 입을 벌려 한 음을 일정하고 길게 뽑아내다가 오른손으로 마치 날아다니는 파리를 잡는 듯한 동작을 취했다. 방 안에는 마른 침묵이 내려앉았다. 탈리아가 미소를 지으며 말했다.

"여러분 차례예요!"

우리는 조심스럽게 입을 열었다. 서로 다른 서른 개의 음정이 사정없이 부딪혔다. 탈리아가 인상을 찌푸리며 다시 파리를 잡았다. 그러자 침묵. 좋아요. 탈리아는 턱을 긁적이며 난감한 표정을 짓더니 다시 시범을 보였다. 반복, 또 반복, 우리 모두가 자기와 똑같은 소리를 낼 수 있게 될 때까지.

"휴!" 탈리아가 마침내 한숨을 내쉬었다. "여러분이 언젠가 〈라 트라비아타〉를 부를 수 있을 거라고는 장담할 수 없지만, 적어도 고막이 터질 염려 없이 성탄을 축하할 수는 있겠군요."

탈리아가, 그러니까 국립 오페라단 가수가 아이들에게 음악을 가르쳐준다는 소문은 삽시간에 건물 전체로 퍼졌다. 그래, 좋은 생각이 떠올랐어! 어른들은 차례로 한스카 부인의 집 현관문을 두드려 자신들이 가르칠 수 있는 것들을 제안했다. 그렇게 해서 우리는 다음과 같은 것들을 배우게 되었다.

- 암소의 종류와 쇠고기의 부위별 명칭에 대해서는 막스 할아버지에게.

- 향신료의 종류, 각종 약초의 이름과 효능에 대해서는 린 할머니에게.

- 순교 성인과 기도문은 명상하는 수도사에게.

- 재봉 기술은 레베카의 엄마인 베티 아줌마에게.

- 아랍어 단어들은 탈영한 쌍둥이 형제 잘랄과 나시르에게.

- 포커와 브리지, 블랙잭은 선원 생활을 했던 쿠즈마 아저씨에게.

결과적으로 매일 수업이 이어졌고 우리 건물은 글로리아의 표현을 따르자면 "빈민 대학"이 되어버렸다. 나는 배운 것들을 닥치는 대로 머릿속에 집어넣었다. 나중에 어떻게 쓰이게 될지는 관심 밖이었다. 지식들은 내 머릿속에 차곡차곡 쌓여갔고 나는 늘 그것들과 함께였다.

봄이 되자 우리는 압델말리크에게 격투기를 가르쳐달라고 졸랐다. 압델말리크는 승낙했고, 우리는 웃통을 벗고 안뜰에서 한 발로 뛰어오르는 연습을 했다. 주먹을 얼굴 높이로 쳐들고…… 이얍! 반격을 피하기 위해 몸을 숙인 뒤, 퍽! 발 차기! 우리의 주먹은 상대의 턱을 날리고, 앙상한 두 다리는 상대를 후려치고 고꾸라뜨린다. 우리는 압델말리크와 함께 춤을 추었다.

갑자기 무시무시한 세르게이 아저씨가 나타났다. 아저씨 손에는 면도칼이 아닌 낡은 권투 글러브 한 짝이 들려 있었다. 아저씨는 압델말리크에게 다가갔다.

"냄새 나는 놈!" 세르게이 아저씨가 압델말리크를 자극했다.

"죄송합니다." 압델말리크는 사과했다.

"쓸모없는 자식! 감옥에서 뭘 배웠다고?"

세르게이 아저씨가 글러브를 꼈다. 술을 얼마나 마셨는지 휘청휘청했지만, 그래도 무서운 상대였다.

"그래, 사람들이 너한테 뭘 가르쳐주더냐? 덤벼봐! 어디 실력 좀 보자고!"

압델말리크는 우리를 돌아보며 난처한 표정을 지었다. 퍽! 세르게이 아저씨가 그 틈을 놓치지 않았다. 코를 가격하는 라이트훅! 모여 있던 아이들 사이에서 두려움과 흥분의 탄성이 새어나왔다. 에밀이 가장 먼저 반응을 보였다.

"압델말리크, 방어해!"

그 소리와 동시에 키 큰 흑인은 순식간에 우리의 챔피언이 되었다. 서른 명의 아이들이 일제히 압델말리크의 이름을 연호했고, 그 외침이 메아리가 되어 건물 벽을 두드리자 호기심 가득한 얼굴들이 창문으로 고개를 내밀었다. 2층에 글로리아의 얼굴도 보였다. 인상을 찌푸리고 있었다.

경기에 불이 붙었다.

흥분한 압델말리크는 근육을 과시하기 시작했고 우리의 눈에는 압델말리크의 박력과 기세등등한 젊음 외에는 아무것도 보이지 않았다. 압델말리크는 요리조리 피하며 펄쩍 뛰더니 주정뱅이 아저씨의 무뚝뚝한 면상에 주먹을 날렸다. 그러나 세르게이 아저씨는 몇 번 비틀거리긴 했지만 절대 주저앉지 않았다. 계속 얻어맞으면서도 조금씩 스텝을 되찾아갔다. 압델말리크의 눈두덩이 찢어졌다. 왼쪽 눈에서 피가 베일처럼 흘러내렸다.

에밀은 목이 쉬도록 외쳤다.

"조심해! 가드가 풀렸잖아! 숙여! 그렇지! 계속 덤벼!"

세르게이 아저씨의 멀쩡한 한쪽 눈이 증오로 이글거렸다. 아저씨는 바닥에 침을 뱉었다. 과거에 초주검이 되도록 자신을 두들겨 팼던 아르메니아 선수를 향해 쌓아두었던 원한이 바로 그 순간 폭발하고 말았다. 세르게이 아저씨는 분노에 사로잡혔다.

"네 녀석한테 맞은 건 기필코 갚아주마, 더러운 외국놈!"

관중들 사이에서도 욕설이 터져나왔다.

"코를 아예 올려 쳐버리라고! 그럼 덜 보기 흉할 거야!" 에밀이 우리의 챔피언을 향해 소리 질렀다. "어서, 펀치를 날려!"

압델말리크는 에밀의 조언대로 상대를 흠씬 두들겨주었다. 펀치를 세 방 제대로 날려 늙은 아저씨를 넘어뜨리고 이 두 개를 날려버렸다. 무시무시한 세르게이 아저씨는 마지막 한 방에 축축한 바닥 위로 뻗어버렸다.

순간, 건물의 안뜰에는 짙은 안개가 한 겹 내려앉은 듯 정적이 감돌았다. 압델말리크는 자신만만하면서도 위엄 있는 자세로 서서 다시 싸울 태세를 갖추었다. 하지만 거기까지였다. 주정뱅이 세르게이 아저씨는 기어서 간이 천막으로 돌아갔다. 침을 질질 흘리면서도 수치스러운 패배에 신음했다.

바로 그날 저녁, 세르게이 아저씨가 사라졌다는 소문이 돌았다. 짐까지 모두 챙겨 가서 다시는 볼 수 없을 것이라고 했다.

글로리아는 고개를 절레절레 흔들었다.

"세상에, 느낌이 안 좋아! 뭔가……"

글로리아가 선반 위에 올려놓은 군장을 흘깃 쳐다보았다.

•

며칠 뒤, 에밀과 바크사가 찾아와 압델말리크가 사는 쓰레기장으로 나를 끌고 갔다. 냄새가 얼마나 고약하던지 우리 모두 코를 틀어막았다.

문을 두드렸지만 아무 소리도 들리지 않았다. 나는 문고리를 돌려보았다. 문이 스르르 열리더니, 욕지기가 날 정도로 끔찍한 악취가 밀려나왔다.

그때 계단참에 막스 할아버지가 나타났다.

"원, 도살장은 저리 가라 할 정도로 악취가 진동하는군. 너희들은 저리 비켜라!"

우리는 문지방을 넘어서는 막스 할아버지의 뒤에서 기다렸다. 할아버지는 계속 투덜거렸다.

"닭똥집 속도 이것보단 밝겠구먼! 어디 보자……"

막스 할아버지가 전기 스위치를 찾아서 불을 켰다…… 벽에 붙어 누워 있는 압델말리크의 모습이 눈에 들어왔다. 면도칼로 목이 베인 채였다.

# 7

다시 겨울이 찾아왔고 나는 여덟 살이 되었다. 압델말리크가 죽은 후 우리는 모두 세르게이 아저씨가 돌아오거나 아저씨가 민병대에 우리를 고발할까봐 두려움에 떨었다. 탈리아는 더이상 노래 수업을 하지 않았고, 한스카 부인도 우리를 집에 못 오게 했다. 그냥 각자 집에서 조용히 지내라면서 더이상 알려 하지 말라고 했다. 어서들 돌아가, 얼른!

막스 할아버지는 여전히 쇠고기의 여러 부위, 그러니까 양지, 제비추리, 등심, 사태, 채받이, 채끝살 등에 관한 설명을 들려주었는데, 얼마나 배가 고팠던지 열거하는 명칭을 듣는 것만으로도 고문이었다.

우리의 놀이터는 다시 계단이 되었다. 하지만 나는 타스민과

레베카, 파이나가 더이상 우리하고 어울리려 하지 않는다는 것을 확실히 알 수 있었다. 여자애들은 여기저기서 주워 온 옷가지들을 몸에 휘감고 앉아 서로 머리를 빗겨주거나 수다 떠는 걸 더 좋아했다. 그 애들은 더이상 우리가 들려주는 난파된 함선 이야기를 믿지 않았다. 언제나 나보다 장난이 심하던 에밀이 막 봉긋해지기 시작한 여자아이들의 젖가슴을 가리키면서 팔꿈치로 나를 쿡쿡 찔렀다.

"봤어?"

나는 에밀의 말을 알아듣지 못했다.

나는 부루퉁해서는 우리 방으로 돌아왔다. 매트 위에 드러눕자 글로리아가 무슨 일이냐고 물었다. 나는 한 가지 가설을 제시했다.

"절망에 걸린 것 같아."

"이런, 이런!"

글로리아는 나를 똑바로 눕힌 다음 마치 전문의처럼 머리끝부터 발끝까지 훑어보았다. 발가락 사이를 벌려보고 배를 두드리는가 하면 긁고 간질이기까지 했다. 나는 결국 자지러지게 웃음을 터뜨리고 말았다.

"제 소견을 말씀드리자면, 블레즈 씨는 절망에 걸리신 게 아닙니다!"

나는 숨을 크게 한 번 내쉬고는 걱정거리를 털어놓았다.

"압델말리크가 죽은 뒤로 모든 게 달라졌어. 학교도 없어졌고 뇌가 있어야 할 자리에 텅 빈 위가 달려 있는 기분이야."

"두려움 때문에 그래. 인간은 누구나 자기만의 두려움이 있거든. 하지만 조만간 우리도 떠날 거야. 그곳에 가면 나아지겠지. 두고 보렴."

"그게 어딘데?"

글로리아는 손을 들어 막연히 한 곳을 가리켰다.

나는 기다란 콧수염과 탁 소리 나는 멜빵바지 차림의 바실리 할아버지를 떠올렸다. 배나무, 살구나무, 기찻길, 젬젬, 글로리아 보엠의 다섯 남자형제들도 떠올렸다. 잔 포르튄과 프랑스 공화국 생각도 했다. 여러 가지 마음 사이에서 갈팡질팡하느라 선택을 할 수 없었다.

사모바르의 물이 끓기 시작했다.

"전쟁은 왜 일어나는 거야?"

"그런 걸 이해하려면 말이지……" 글로리아는 한숨을 내쉬었다. "캅카스 지역의 상황을 먼저 설명해주어야 하는데……"

"못해?"

"못하지. 캅카스 지역의 상황을 설명할 수 있는 사람은 아무도 없거든."

나는 초록색 지도책을 펼쳐 들고 다시 물었다.

"전쟁은 언제 끝나?"

"사람들이 모두 진이 빠지고 나면 끝나겠지. 군인들이 다 없어지고 나면. 하지만 아주 오래 걸릴 거야. 사람들이 아주 많거든. 매일같이 어린아이들이 태어나고 자라서 또다시 군인이 되니까."

"그러면 나도 군인이 되는 거야?"

"무슨 그런 소리를, 절대 아니야! 이 전쟁은 프랑스 국민하고는 아무 상관이 없어. 너도 잘 알잖아!"

나는 추위를 쫓기 위해 양팔을 문지르면서 방 안을 빙글빙글 돌았다. 그러고는 큰 소리로 내 생각을 말했다.

"아무도 내가 프랑스 사람이라는 걸 모르잖아. 사람들은 내가 러시아 사람이고, 내 이름도 쿠마일인 줄 알잖아. 머리 색깔도 엄마처럼 꿀색이 아니고……"

"그래도 넌 엄마하고 닮았어."

"정말?"

글로리아는 그 점에 대해서 언제나 확신에 찬 반응을 보였다. 자세히 살펴보면, 그러니까 내 어두운 색 머리카락을 조금 헤쳐보면 밝은 빛이 보인다고 했다. 꿀처럼 빛나는 금색이.

글로리아가 차를 한 잔 주었다. 몇 주 전에 설탕이 뚝 떨어졌다. 내 배는 쓴 물로 빵빵해진 부대 같았다.

“게다가 넌 네 아빠하고도 닮았어.”

나는 고개를 가로저었다. 우리 아빠를 본 적도 없으면서 그걸 어떻게 알겠어.

“아이들은 원래 자기 아빠를 닮는 법입니다, 블레즈 씨. 그게 바로 유전의 법칙이에요.”

그 유전이라는 게 뭔지 몰라서 나는 그냥 입을 다물었다. 내 과거는 온통 수수께끼투성이라 차라리 미래에 대해 생각하는 편이 더 좋았다. 나는 내 지도책 16페이지를 펼쳐놓고 몽상에 잠겼다. 파리, 니스, 오를레앙, 브레스트, 대서양, 그리고 몽블랑.

갑자기 걱정거리가 떠올랐다.

“언젠가 내가 프랑스로 돌아가게 되면 글로리아도 나랑 같이 가는 거지? 그렇지?”

트릿한 목소리로 글로리아가 대답했다.

“아무리 먼 곳이라도 너랑 같이 갈 거야, 쿠마일.”

# 8

그해 겨울, 나는 글로리아와 함께 건물 밖으로 나갈 수 있게 되었다. 그전까지는 말조차 꺼낼 수 없는 문제였다. 어른들이 밖으로 일하러 나가면 어린아이들은 얌전히 건물 안에서 지내는 게 규칙이었다. 하지만 울다시피 통사정을 하자 글로리아가 겨우 허락을 해주었다.

싸락눈이 내리던 어느 날 아침, 아직 해도 뜨지 않은 이른 시각이었다. 글로리아와 나는 추위에 맞서기 위해 헌 옷가지 여러 벌을 껴입었다. 에밀과 바크사는 건물을 나서는 나를 부러워 죽겠다는 눈으로 쳐다보았고 그 덕에 기분이 우쭐해졌다.

우리는 쉭쉭 소리를 내며 강풍이 몰아치는 거리와 시커먼 진흙투성이 땅을 지났다. 그리고 뒤쪽으로 여러 개의 굴뚝이 솟아 있는 공장 벽을 따라 걸었다. 나는 글로리아의 손을 꼭 잡고 있었다. 우울하면서 무언가 억눌린 듯한 분위기의 동네였다. 마주치는 행인들은 고개를 숙인 채 발걸음을 빠르게 옮기고 있었다.

그러다 마침내 레일이 깔려 있는 광장에 도착했고 글로리아는 곧 전차를 탈 거라고 했다.

전차가 도착하자 글로리아는 뒤쪽에서 나를 밀어넣고는 있는 대로 숨을 헐떡거리며 올라탔다. 살집 때문이었다. 하지만 나는 그 통통한 몸에 푸근함을 느끼며 폭 안겨 있었다. 그렇게 우리 둘은 눅눅한 사람들 틈바구니에 꼭 끼어 앉았다. 피곤에 절어 말이 없는 낯선 사람들의 얼굴이 전차가 덜컹거릴 때마다 이리저리 흔들렸다. 나는 탈선 사고가 나던 순간 엄마와 함께 타고 있던 기차를 떠올려보았다.

우리는 종점에 내렸다. 그 동네 분위기는 우리 동네와 사뭇 달랐다. 널찍한 대로, 상점들, 인도에 즐비한 가판대를 비롯해 건물 지붕에는 광고판들이 걸려 있었다. 글로리아는 고개를 쳐들고 두리번거리는 나를 끌고 마치 돌진하듯이 인근에서 가장 큰 상점의 입구로 향했다. 간판에는 코페이카*라고 쓰여 있었다.

"여기서 일해?"

"여기 아니면 저기." 글로리아는 웃으며 대답했다.

코페이카에서 글로리아가 하는 일은 자동 출입문 근처 로비에 앉아 장을 보러 들어오는 사람이나 장을 보고 나가는 사람들을 향해 손을 벌리는 것이었다. 문이 열리고 닫힐 때마다 온기와 냉기가 교차해 들어왔다. 나는 글로리아 곁에 꼭 붙어 앉아 사람들의 분위기를 살피며 우리에게 한 푼 던져줄 사람을 알아맞혀보려고 했다. 대부분의 사람들은 마치 우리가 존재하지 않는 것처럼 쳐다보지도 않고 지나갔다. 그러다 가끔 지갑을 열고 몸을 굽혀 동전을 주고 가는 사람이 있었다.

그러면 글로리아가 "감사합니다. 신의 가호가 있기를!" 하고 말했다.

나는 말문이 막혀 삐딱하게 글로리아를 쳐다보았다. 평소 글로리아가 신을 입에 올리는 경우는 욕설을 퍼붓거나 신 따위는 이 세상에 존재하지 않는다고 말할 때뿐이었다. '신이 있었으면 캅카스 지역은 벌써 한참 전에 질서를 되찾았겠지, 안 그래?' 뭐지? 글로리아가 거짓말을 한 건가?

"이런, 이런! 나는 절대 거짓말을 하지 않아요, 블레즈 씨. 그냥 그때그때 상황에 맞추는 것뿐이에요."

---

* 본래 러시아 화폐 루블의 가치 100분의 1에 해당하는 잔돈으로, 여기서는 저가의 생필품을 파는 상점의 이름이다.

그러고는 내 머리를 쓰다듬으며 이렇게 말했다.

"삶을 견디려면 이야기들을 지어내야 한단다……"

문이 열리고 닫힌다. 사람들이 들어오고 나간다. 그러다 결국 나는 글로리아의 푹신한 무릎을 베고 잠들어버렸다. 더위도 추위도 느껴지지 않았다. 글로리아 냄새만 느껴질 뿐이었다. 수많은 사람들 사이에서도 구별해낼 수 있는 그 세제 냄새와 차 향기만이.

날이 저물 때쯤 글로리아가 나를 흔들었다. 나는 기지개를 켜고 눈을 비볐다. 내가 어디에 있는지도 몰랐다. 글로리아는 자기가 모은 동전 무더기를 보여주었다.

"가자. 이제 우리가 장을 볼 차례야!"

우리는 코페이카 매장의 선반들을 샅샅이 뒤지고 다녔다. 밀가루, 차, 설탕, 흑미. 결국 낮 동안 일해서 모은 동전들이 모조리 가게 계산대 속으로 사라져버렸다. 딱 한 개만 빼고.

"자, 받으세요, 블레즈 씨." 글로리아가 속삭였다. "이건 선생님 거예요."

나는 동전을 받아들고는 글로리아의 뺨에 뽀뽀를 해주었다.

코페이카를 나오면서 보니 우리 말고도 많은 사람들이 땅바닥에 앉아 허공을 향해 손을 벌리고 있었다. 나는 압델말리크처럼 생긴 흑인 남자에게 다가갔다. 그 사람은 부들부들 떨고 있었고 줄에 묶인 개 한 마리를 데리고 있었다. 나는 그 사람에게 내 동전을 건네주었다.

돌아가는 전차에 오르기 전, 글로리아는 내게 깜짝 선물을 약속했다. 가방을 끌고 대로와 나란한 골목길을 따라 걷다 보니 바람에 손이 꽁꽁 얼어붙고 볼이 갈라졌다. 지하 환기구에서 음식 냄새가 소용돌이 같은 김을 타고 모락모락 새어나와 콧구멍을 끈질기게 괴롭혔다. 너무 배가 고파서 머리가 빙빙 도는 것 같았다.

글로리아는 터키 식당 뒤편에 떡하니 자리 잡은 커다란 컨테이너를 가리켰다.

"나는 너무 뚱뚱해서 올라갈 수 없어. 네가 봐봐, 쿠마일!"

나는 가방을 내려놓고 컨테이너 가장자리를 붙잡기 위해 펄쩍 뛰어올랐다.

"위에 있는 걸로!" 글로리아가 코치를 해주었다. "잘 골라봐!"

믿을 수가 없어, 컨테이너 속에 이런 게 다 들어 있다니! 나는 두툼한 고기 한 덩이와(설도 부위 같았다.) 꿀이 뚝뚝 떨어질 것 같은 과자들을 움켜쥐고 내려와 주변에 굴러다니던 포장 상자에 담았다.

"이런 걸 왜 버려?" 나는 군침을 흘리며 말했다.

글로리아가 내게 윙크하며 말했다.

"이 식당 요리사가 내 친구라서 미리 약속해놓은 거야. 설마 내가 너한테 쓰레기통을 뒤지게 하겠니?"

그날 저녁, 나는 에밀과 바크사를 계단으로 불렀다. 상자를 열었다. 우리는 한 마디도 하지 않고 더없는 행복을 느끼며 꿀 발린 과자들을 입속으로 우겨넣었다.

"다음에는 그 요리사 친구한테 로쿰*도 좀 넣어달라고 해봐." 에밀이 탄식조로 말했다. "나 로쿰 정말 좋아하거든."

나는 그러겠다고 약속했다. 그리고 우리 셋은 한 시간 동안 크림 범벅에 초콜릿이 듬뿍 든, 평소에는 먹을 수 없는 맛있는 음식들에 대한 상상에 빠졌다. 끈적끈적한 손가락을 빨며 입이 귀에 걸리게 웃고 있는 친구들과 함께 계단에 앉아 있던 그 시간은 정말 행복한 순간이었다. 우리 모두 전쟁과 그로 인한 걱정을 잊을 수 있었던 순간.

그리고 바로 그날 밤, 포식한 곰처럼 늘어지게 자고 있는데 글로리아가 내 담요를 잡아당겼다.

---

* 전분과 설탕가루에 장미 오일, 피스타치오, 호두, 아몬드 등을 넣어 만든 터키의 전통 젤리.

얼굴이 사색이었다. 안뜰에서 누군가 미친놈처럼 종을 치고 있었다.

# 9

의자! 군장! 소지품! 빨리!

건물이 요동치고 한 번도 들어보지 못한 요란한 소리가 울려 퍼졌다. 안뜰에 깔린 포석 위로 쿠르릉거리는 굉음이 퍼져나갔다. 겁에 질린 사람들은 창밖으로 물건을 마구 내던졌다. 다급한 발소리에 계단까지 흔들렸다. 하지만 소리를 지르거나 우는 사람은 아무도 없었다.

글로리아는 카키색 천 가방을 들어 올렸고, 우리는 U자형 건물의 출구 쪽으로 도망쳤다. 손에 손을 잡고. 가슴이 쿵쾅거렸다. 사모바르가 가방 밖으로 비죽 튀어나와 있었다.

밖은 어두웠고 사람들은 누가 누구인지도 모른 채 서로 뒤엉키고 부딪혔다. 막스 할아버지가 손가락 세 개를 잃었다는 도살장 입구의 암소들 같았다. 그러다 보초를 서던 쿠즈마 아저씨와 잘랄, 나시르를 발견했다. 세 사람은 삽과 망치를 들고 길을 막아선 채 사람들이 피신하는 것을 돕고 있었다. 멀리서 요란한 소리가 들려왔다. 고함과 군화 소리. "드디어 민병대가 동네를 점령했어!" 누군가 속삭였다.

순식간에 건물은 텅 비었고, 우리는 뒤죽박죽 거리로 쏟아져 나와 프세즈카야 강변으로 달음박질쳤다. 글로리아는 바스라질 듯 내 손을 꽉 잡고 있었다. 그러고는 최선을 다해 뚱뚱한 몸을 움직였다. 나는 존재감도 느껴지지 않을 만큼 가볍게 움직이려 애를 썼다.

에밀이 보이지 않았다. 바크사도 타스민도 레베카도 보이지 않았다.

강가에 도착해보니 다리가 하나 있었다. 물결 따라 흔들리던 얼음덩어리 위로 달빛이 비쳤다. 우리는 바리바리 짐 꾸러미를 들거나 손수레를 끌거나 낡은 매트리스를 짊어지고 이동하는 다른 난민들 틈에 섞여 다리를 건넜다.

"건너편이 얼마나 아름다운지 보게 될 거야." 글로리아가 속삭였다. "우린 자유야, 쿠마일. 그리고 이 세상은 정말 넓단다!"

나는 바실리 할아버지가 글로리아 보엠이라고 이름 붙인 이유를 알 것 같다고 생각하며 글로리아 곁에 붙어 있었다. 어떤 민병대도 어떤 강물도 어떤 두려움도 글로리아 보엠을 막을 순 없었다. 그리고 그 끔찍한 사고가 나던 날 내가 글로리아의 품에 안길 수 있었던 건 정말 하늘이 내려주신 행운이었다!

그렇게 몇 시간을 걷는 동안 새벽빛에 꽁꽁 얼어붙은 들판이 모습을 드러내기 시작했고, 나는 글로리아에게 나중에 다시 우리 건물로 돌아가는 거냐고 물었다. 글로리아는 그럴 수 없다고 답했다.

"코페이카에도?"

"다른 곳에 가면 거기보다 훨씬 좋은 가게들이 많아."

"그럼 그 터키 식당의 친구는? 컨테이너에 넣어둔 깜짝 선물을 우리가 가져가지 않으면 그 사람이 걱정할 텐데!"

"그럼 다른 사람한테 주면 되지."

나는 주변을 둘러보았다. 서리가 내려앉은 좁은 골짜기와 빽빽한 소나무들, 저 멀리로 사라져가는 도로가 보였다. 사람들은 사방으로 흩어져버렸다. 피곤에 지친 몇몇 그림자와 짐수레를 끌고 가는 일가족이 보일 뿐. 언제나 그렇듯, 나는 춥고 배가 고팠다.

나는 민병대가 왜 우리를 쫓는지, 우리는 왜 한곳에 오래 머물 수 없는지 알고 싶었다. 전에도 종종 물은 적이 있지만 글로리아는 언제나 동문서답이었다. 이 세상은 수수께끼로 가득 차 있어. 풀 수 없다면 그냥 내버려두면 되는 거야. 유일한 위안거리라면 언젠가 나는 프랑스에 가게 될 것이라는 사실이었다. 글로리아 말로는 거기에는 전쟁이 없다고 했다.

"프랑스 사람들은 다 부자야?"

머릿수건을 두른 글로리아의 얼굴이 빨갰다. 입을 열자 구름 같은 것이 쏟아져나왔다.

"어떤 게 '부자'일까, 쿠마일?"

"음…… 거기 사람들은 누가 손을 벌리고 있으면 동전을 많이 줘?"

"프랑스 사람들은 지폐를 주지." 글로리아는 자신 있게 대답했다.

"이야!" 나는 아주 감격스러웠다. "오케!"

나는 한스카 부인의 수업 덕분에 일반적으로 지폐가 동전보다 더 값어치 있다는 걸 알고 있었다. 나는 여러 나라의 화폐 이름도 외우고 있었다. 프랑, 디나르, 페소, 달러, 크로네, 루블, 크루자도, 즐로티, 레프, 포린트, 엔*…… 물건값을 설탕으로 내는 나라가 있다는 것도 알았다. 정말 신기한 일이었다.

"에밀한테 로쿰을 갖다주겠다고 약속했는데." 나는 추워서 코를 훌쩍이며 말했다.글로리아는 미소만 지을 뿐 아무 말도 하지 않았다. 꽁꽁 얼 만큼 추울 때 밖에 있으면, 말할 때마다 입술이 쓰라린다. 아무 말 없이 포근한 무언가를 생각해야 한다. 발이 아프면 그 발이 내 발이 아니라고 생각해야 한다. 잊어버려야 한다. 다른 사람 발이라고 생각해야 한다. 다른 사람의 발은 나를 아프게 하지 않으니까. 오케?

* 각각 프랑스, 쿠웨이트, 스페인, 미국, 덴마크, 러시아, 브라질, 폴란드, 불가리아, 헝가리, 일본의 현재 혹은 과거의 화폐 단위다.

## 10

우리의 새로운 은신처는 수마술라라는 곳이었다. 수마술라는 산악 지방에 인접한 드넓은 마을이었는데 벽돌이나 널빤지, 함석판과 플라스틱 등 폐자재들을 모아 만든 마을이었다. 모든 게 다 삐뚤빼뚤했지만 누구나 몸을 움직여 자신만의 보금자리를 마련할 수 있었고, 글로리아는 우리도 거기서 잘 살 수 있을 거라고 했다. 반박할 생각은 없었지만 나는 수마술라가 전에 살던 '건물'만큼 좋지 않았다.

"어서요, 블레즈 씨. 프랑스 사람이라고 손 놓고 있지 말고 지붕에 못질이나 좀 도와주시죠!"

우리는 베토프 가족을 알게 되었다. 피난길에 수레를 끌고 가던 사람들이었다. 아빠, 엄마, 할머니와 다섯 아이들로 구성된

이 가족이 우리의 새 이웃이 되었다. 우리에게 망치와 못을 빌려주었고, 큰아들인 스탐벡은 막사를 짓는 데 필요한 것들을 옮겨주기도 했다. 나머지는 글로리아와 나의 몫이었다.

나는 목재 사이의 틈을 메우기 위해 흙과 지푸라기, 자갈을 한데 섞는 법을 배웠다. 땅을 파 평평하게 다지고 못을 박고 자재들을 들어 올렸다. 글로리아는 옛날 바실리 할아버지에게서 배운 것들을 활용해, 비닐이 팽팽한 창문과 걸쇠로 잠글 수 있는 문 등 대단한 것들을 만들어냈다.

그리고 내게 양철 지붕은 경사지게 해놓아야지 안 그러면 그 위로 눈이 쌓여 폭삭 무너져내릴 수도 있다고 설명해주었다.

마지막으로 벽 뒤의 한구석을 가리키며 구덩이를 파라고 했다.

"구덩이는 왜?"

"음…… 볼일을 봐야 하잖아!" 글로리아가 윙크를 하며 대답했다.

"아…… 오케!"

내가 쓸 화장실을 내 손으로 파는 건 재미있는 일이었다. '건물'에 살 때는 화장실을 같은 층 사람들과 공동으로 사용했는데, 이곳에서는 우리만의 화장실이 생기게 되는 것이었다. 글로리아는 우리도 부르주아가 되는 거라고 했다. 나는 그 단어의 뜻은 이해하지 못했지만 글로리아가 너무 웃는 바람에 나도 그냥 따라 웃었다. 그렇게, 앞으로 우리가 쓸 똥 구덩이 옆에서.

스탐벡은 거의 열다섯 살이었다. 나보다 머리 두 개는 더 크고 어깨도 어른처럼 넓었다. 스탐벡을 보고 있으면 압델말리크 생각이 났다. 하얀 압델말리크. 스탐벡과 나는 잘 어울려 지냈고, 서로 보완적인 관계였다. 내가 말을 하면, 스탐벡은 들어주는 식으로.

스탐벡의 아빠, 베토프 아저씨는 스탐벡의 머리를 자주 때렸다. 그러고는 이렇게 말했다.

"쉿! 이제 네 머릿속에서 울리는 소리를 좀 들어봐라!"

나는 귀를 기울였다. 스탐벡도 꼼짝 않고 두 눈을 감은 채 귀를 기울였다. 하지만 아무 소리도 들리지 않았다. 베토프 아저씨는 한숨을 푹 내쉬고는 "괜찮아. 이곳에서 중요한 건 아직 두 팔이 있다는 거니까"라고 투덜거리며 가버렸다.

스탐벡은 웃으며 소매를 걷어 올렸다. 두 팔은 근육이 탄탄했고 털이 무성했다. 울룩불룩 튀어나온 핏줄은 내 지도책에 그려진 강줄기 같았다. 스탐벡은 내게도 소매를 걷어보라는 손짓을 했다. 나는 인상을 찌푸렸다. 스탐벡의 팔에 비하면 내 팔은 잔가지나 다름없었기 때문이다.

어쨌든 베토프 아저씨 말이 맞았다. 여기 수마술라에서는 모두가 두 팔로 일을 했다. 아이들이라고 예외는 아니었다. 입에 풀칠이라도 하려면 그래야 했다.

막사에 지붕을 올리자마자 글로리아와 나는 밥벌이에 나섰다. 이번에는 코페이카 같은 상점 문 앞에 앉아서 손을 벌리는 그런 일이 아니었다. 천만의 말씀! 간단히 '주임'이라고 부르던 인력 담당자는 우리에게 거대한 잿빛 더미를 가리켰다. 골짜기와 언덕을 이루며 수 킬로미터나 이어지는 그것은 아무것도 자라지 않는 일종의 산이었다. 그 위로 웅크리고 있는 사람들 무리가 여럿 보였다.

"두 사람은 매립장 파는 일을 합니다." 주임이 설명했다. "장비는 빌려주지만 매일 저녁 나한테 반납해야 합니다. 분실하거나 훔쳐가면 배상해야 하고요. 알겠습니까?"

"뭘 찾아야 하는 건가요?" 글로리아가 물었다.

"바로 이것!" 주임은 호주머니에서 아래쪽에 전선이 달린 작은 금속 원통 하나를 꺼냈다.

그러고는 어떻게 생겼는지 자세히 관찰할 수 있도록 우리 손바닥 위에 올려주었다.

"이건 전구 소켓에 끼우는 부분 아닌가요?" 글로리아는 놀란 듯 물었다.

"맞아요! 하지만 우리에게 필요한 건 바로 이 니켈선입니다. 전구 베이스를 찾아내서 이 전선을 회수하는 겁니다. 일과가 끝나면 찾아낸 니켈 무게만큼 값을 쳐줄 겁니다. 알겠습니까?"

나는 서둘러 알겠다고 대답했다. 한스카 부인이 외우라고 시켰던 원소들의 목록이 단편적으로 떠올랐다. 네온, 넵투늄, 니켈…… 내가 아는 지식들을 써먹을 수 있다는 게 기뻤다.

그렇게 해서 글로리아와 나는 네발 갈고리처럼 생긴 연장을 들고 매립장 위로 올라갔다. 주임은 우리를 베토프 가족과 같은 구역에 배정했다. 다리가 불편한 할머니까지 작업을 하고 있었다.

"조심들 해요." 베토프 아저씨가 말했다. "우린 지금 깨진 유리 위를 걷고 있어요. 조심하지 않으면 살에 박혀요."

나는 스탐벡 옆에 쪼그리고 앉았다. 스탐벡은 놀라운 속도로 바닥을 파내더니, 평생 이 일만 해온 사람처럼 순식간에 베이스와 니켈선을 골라냈다.

일을 마치자 나는 너무 피곤해서 주임이 나눠준 동전을 세어보지도 못했다. 그저 로봇처럼 막사까지 걸어와 먹지도 마시지도 않고 양털 담요에 엎어져 잠들어버렸다.

꿈에 글로리아 보엠의 다섯 형제가 나왔다. 전쟁 통에 씻지도 못한 얼굴들이었다. 포티아와 올레그의 어깨는 피투성이였다. 아나톨리의 안경은 깨져 있었다. 꼬불꼬불했던 이에프렘의 머리는 진흙이 묻어 뻣뻣했다. 도브로미르는 거부할 수 없는 아기 천사의 미소를 머금고 대포 위에 걸터앉아 있었다.

글로리아의 기침 소리 때문에 한밤중에 잠에서 깼다. 글로리아의 가슴 속 개가 사납게 짖고 으르렁거렸다. 나는 그 끔찍한 소리를 듣지 않으려고 귀를 틀어막았다.

# 11

유리 산을 오르내린 지 몇 주가 지나자 나도 니켈 찾는 일에 전문가가 되었다. 네발 갈고리가 땅을 헤친다. 손가락으로 전구의 베이스를 붙잡는다. 그리고 착, 전선 분리. 처음보다 돈을 두 배로 벌게 되자 수마술라의 작은 식료품점에서 먹을거리를 더 많이 살 수 있었다. 나 자신에 대해선 뿌듯했지만 글로리아가 걱정이었다. 기침이 점점 더 심해졌는데, 베토프 아저씨 말이 먼지 때문에 그렇다고 했다.

"이 일을 하다 보면 목구멍 속까지 더러운 먼지가 들어찬다니까! 정말로 조심해야 해요!"

"이런, 이런." 글로리아는 숨을 쌕쌕 몰아쉬며 말했다. "걱정 마세요. 그냥 천식이니까. 금방 나아질 거예요. 잊지 마, 쿠마일.

나는 나무처럼 튼튼하단다!"

일하는 동안 나는 스탐벡 옆에 쭈그리고 앉아 이야기를 늘어놓았다. 압델말리크와 세르게이 아저씨 이야기도 들려주었다. 바실리 할아버지와 젬젬의 이야기도. 에밀에게 로쿰을 가져다주겠다고 약속한 이야기도 해주었다. 쇠고기 부위의 명칭도 가르쳐주었고 모스 경도계도 가르쳐주었다. 하지만 스탐벡의 기억력 수준은 밑 빠진 독처럼 형편없었다. 내가 말한 걸 아무리 따라 해도 스탐벡은 머리에 새기지 못했다. 나는 스탐벡을 위로했다.

"괜찮아. 나는 매일 똑같은 얘기를 들려줄 수 있고, 스탐벡은 계속 들어도 싫증 날 일 없을 테니까 좋잖아, 안 그래?"

스탐벡은 재밌다고 웃었고 우리는 그렇게 즐거운 마음으로 계속 날카로운 유리 산을 파고들어갔다. 스탐벡은 좋은 친구였다. 저녁이면 너무 피곤해서 같이 놀 수 없다는 게 아쉬웠을 뿐…… 아주 솔직히 말하면 바크사와 에밀을 비롯한 다른 친구들과 계단에서 뛰어놀던 시절이 그리웠다. 하지만 뭐, 인생은 흘러가고 아이는 어른이 되어야 하는 법이니까.

어느 날 나는 술 취한 트럭 운전사가 사고 내는 장면을 목격했다. 사건은 니켈 자루를 내려놓는 곳에서, 무게를 재려고 모두들 줄을 서서 기다리고 있던 순간 일어났다. 물건을 다 실은 트럭이 갑자기 덜컹, 하더니 앞으로 가지 않고 후진을 했다. 사람들은 비명을 지르고 서로 밀쳤다…… 하지만 때는 너무 늦었다. 어린 여자아이 하나가 바퀴 밑에 깔려버리고 만 것이다.

아이의 엄마가 바닥에 몸을 던져 트럭에 깔린 딸의 몸을 끌어당기며 울부짖었다. 그 소리에 머리털이 곤두서는 듯했다. 운전사는 비틀거리며 운전석에서 내렸다. 그러고는 자신이 무슨 짓을 저질렀는지 깨닫자 두 손으로 입을 막았다. 두 눈까지 휘둥그레졌다. 아이의 엄마는 계속 울부짖었고 사람들은 운전사를 쳐다보았다. 운전사는 트럭과 시체를 내팽개친 채 미친 듯이 도망쳤다.

주임이 현장에 도착해 참극을 보았다. 사람들은 아이 엄마를 도와 주검이 된 아이를 막사로 옮겨주었다. 이내 침묵이 내려앉았다. 트럭 엔진이 분별없이 공회전을 하고 있었다. 결국 주임이 운전대를 잡고 트럭을 유리 산 반대편에 있는 공장으로 몰고 갔다.

나는 밤새도록 그 일을 떠올렸다. 내가 어둠 속에서 생각에 잠겨 있는 동안 글로리아는 폐가 떨어져나갈 것처럼 기침을 했다.

다음 날 아침, 나는 갈고리를 받으러 주임에게 갔다가 술 취한 운전사가 돌아왔는지 물었다. 주임은 고개를 가로저었다.

“그 인간이 다시 수마술라에 발을 들이는 날엔 사람들 손에 죽을 거다."

"제가 그 사람 대신 운전할 수 있는 사람을 알아요. 술은 절대 안 마시고 차만 마시는 사람이에요, 주임 아저씨!"

"트럭을 몰 수 있는 사람이라고?" 주임은 못 미덥다는 듯 되물었다.

"그럼요! 엔진도 수리할 줄 알고 실린더에 기름칠도 할 줄 알고 팔꿈치까지 기름때를 묻히며 일할 수 있는 사람이에요!"

그날부터 글로리아는 니켈선 찾는 일을 그만두었다. 대신 트럭 운전대를 잡고 길 곳곳에 파인 구덩이에 덜컹거리며 매립장과 공장을 오갔다. 글로리아도 만족했고 나도 좋았다. 베토프 가족과 분류 작업을 하고 있을 때 멀지 않은 곳에 글로리아가 지나가는 게 보이면 나는 몸을 일으켜 트럭을 향해 양손을 흔들었다. 스탐벡도 나를 따라 했고, 우리는 "여기요! 여기요!" 하고 소리를 질렀다. 그러면 글로리아는 경적을 세 번 울리며 전조등을 깜빡여주었다. 니켈선을 모으던 사람들은 모두 소스라치게 놀랐고, 스탐벡은 배를 잡고 웃다가 베토프 아저씨한테 머리통을 얻어맞기도 했다. 그제야 우리는 얌전해져서 다시 일을 시작했다. 언제나 똑같았다. 어쨌든 중요한 건, 이제는 밤에 글로리아가 기침을 덜 한다는 것이었다.

스탐벡에게는 여동생이 넷 있었다. 막내는 겨우 여섯 살이었고 큰동생은 열세 살이었다. 그리고 그 중간에 내가 제일 좋아하는 쌍둥이 자매 수키와 마야가 있었다. 쌍둥이를 구별하는 방법은 베토프 아줌마가 가르쳐주었는데, 수키는 입언저리에 점이 하나 있고, 마야는 마치 두 문장 사이에 찍힌 마침표처럼 양미간에 점이 있다고 했다. 나는 틈만 나면 쌍둥이를 쳐다보았지만, 둘 중 누가 더 예쁜지는 좀체 판단이 서지 않았다. 그리고 불행히도 둘 중 하나가 말이라도 걸어오면 상황은 끔찍했다. 나는 횡설수설 엉뚱한 행동을 하면서 건초를 우물거리는 짐승처럼 바보가 되어버렸다. 젬젬이 건넨 물병을 받아들고 단 한 마디도 할 수 없었다던 글로리아와 판박이 꼴이었다.

스탐벡도 자신의 쌍둥이 여동생들이 내 심장을 두근거리게 한다는 걸 알아챘다. 내 시선이 쌍둥이를 향해 있을 때마다 스탐벡은 입술을 쭉 내밀고 뽀뽀하는 시늉을 했다. 쪽, 쪽!

"그만해! 더러워!"

그러면 스탐벡의 표정이 시무룩해졌다.

"그래? 더러워?"

"그래!"

하지만 언제나 그렇듯 스탐벡은 또 깨끗이 잊어버리고 내 두 볼이 사모바르 속에 든 석탄 덩이보다 더 빨갛게 달아오를 때까지 계속 그 흉내를 냈다.

저녁이면 막사로 돌아와 몽상에 잠기는 내 모습을 글로리아가 놓칠 리 없었다.

"뭣 때문에 그렇게 한숨을 쉬는 거니, 쿠마일?"

"아무것도 아니야, 아무것도……"

"짐작은 했지만…… 우리 쿠마일, 누구 좋아하는구나!"

나는 아니라며 투덜거렸고, 글로리아는 밀전병을 만들며 혼자 깔깔거렸다.

"누굴 좋아하는 건 창피한 일이 아니야! 이 세상에서 가장 아름다운 일일지도 몰라. 젬젬하고 나란히 기찻길을 걷던 시절, 난 그때가 가장 행복했던 것 같아……"

글로리아는 한숨을 크게 내쉬고는 멍한 눈으로 비닐 창을 바라보며 몽상에 잠겼다. 얼마나 지났을까, 나는 화닥닥 일어났다.

"뭐 타는 냄새 안 나?"

"이런 세상에!" 글로리아는 새까맣게 타버린 전병을 들어 올렸다.

나는 인상을 찌푸렸다.

"석탄을 만들어버리면 어떡해!"

"이런, 이런! 아주아주 잘 익었을 뿐인데 뭘!"

나는 바닥에 앉았다. 바닥에는 카펫 대용으로 쓰고 있는 주워

온 방수포가 깔려 있었다. 우리는 홀라당 타버린 저녁을 와작와작 씹어 먹으며 흐뭇한 미소를 지었다. 가끔 나는 내 심장이 글로리아의 심장과 연결되어 있는 것 같다는 생각을 하곤 했다.

"사랑에 빠져도 나는 글로리아를 영원히 좋아할 거야, 알지?"

"물론이죠, 블레즈 씨! 그리고 친엄마도 잊지 마세요! 그분 생각도 해야 해요!"

나는 글로리아를 기쁘게 하려고 고개를 끄덕였다.

이름이 잔 포르튄이라는 엄마의 모습을 호리호리한 몸매에 창백한 얼굴로 상상해보려 했지만, 아무리 노력해도 갈색 머리에 양 볼이 빨갛고 키 크고 뚱뚱한 모습밖에 떠오르지 않았다.

# 12

봄이 오고 어느 날, 스탐벡과 나는 나란히 매립장으로 갔다. 그런데 주임이 갈고리를 주려 하지 않았다. 오늘은 아무도 일을 할 수 없어, 종교에서 그렇게 정한 날이거든. 자, 어서 돌아가! 라고 말했다.

막사로 돌아오는 동안 나는 계속 구시렁거렸다.

"종교도 좋고 쉬는 날도 좋지만 오늘 밤엔 뭘 먹지?"

그러자 스탐벡이 산책을 하다 우연히 발견한 장소가 있는데 같이 가보자고 했다. 스탐벡에게 아이디어가 떠올랐을 땐 절대로 그냥 흘려보내선 안 되는 법! 나는 스탐벡을 따라가기로 결심했고, 그렇게 그 호수를 발견하게 되었다.

호수는 우리가 사는 양철집 동네에서 걸어서 한 시간 정도 거리였는데 바람이 거세게 불고 황량한 곳이었다. 스탐벡은 낚싯대를 들고 가는 사람들을 아무 생각 없이 뒤따르다 보니 여기까지 오게 되었다고 말했다. 실제로 호수 둑은 낚시꾼들로 북적였다.

"오늘 저녁은 생선 요리다!" 스탐벡이 큰 소리로 외쳤다.

비록 낚싯대는 없었지만 우리에겐 남다른 손재주가 있었고, 여기저기 굴러다니는 온갖 잡동사니들 덕에 부족한 재료가 없었다. 낡은 라디오 안테나, 플라스틱 노끈, 녹슨 못이면 준비 끝이었다.

우리는 물컹한 둑 쪽으로 걸어갔다. 신발이 진흙탕 속으로 푹푹 빠졌다. 호수 반대편에 반쯤 무너져내린 콘크리트 건물이 보였다. 스탐벡은 그 건물이 옛날 전구 공장의 잔해라고 했다. 나는 수천 개의 매끈한 새 전구가 니켈선에 연결되어 찬란하게 빛을 발하던 그 시절을 떠올려보려 애썼다. 하지만 부질없는 짓이었다. 그 시절은 이미 지나가버렸다. 바실리 할아버지의 과수원도, 엄마 품에 안겨 있던 내 아기 적도, 캅카스 지역의 평화도 다 옛날이야기일 뿐이다.

내가 진흙탕 속에서 구더기를 찾아냈고 스탐벡이 못에다 그걸 끼웠다. 우리는 구더기가 몸을 비틀어대는 걸 확인한 다음 노끈을 호수로 던져넣었다. 그러고는 꼼짝 않고 조용히 앉아 물고기가 물기를 기다렸다.

낚시는 어딘가 모르게 코페이카의 문 앞에 앉아 손을 벌리고 있는 일과 흡사했다. 시간도 오래 걸리고 실망하기 일쑤였기 때문이다. 바람이 그렇게 거세지 않았더라면 아마 깜빡 잠이 들었을 것이다.

그런데 잠시 후, 노끈이 움직이더니 갑자기 팽팽해졌다. 우리는 소스라치게 놀랐다. 스탐벡이 화닥닥 일어났다. 그러고는 온 힘을 다해 잡아당겼다.

"큰 놈이야! 큰 놈이라고!" 스탐벡은 수면 위로 떠오르는 은빛 등과 지느러미를 보며 소리쳤다. "빨리, 쿠마일!"

나는 당장 지원에 나섰다. 줄을 잡으려고 몸을 숙였다. 그런데 그 순간, 갑자기 미끄러운 둑 위에서 자빠지고 말았다. 나는 얼음장같이 차가운 호수에서 몸부림쳤다. 물에 빠졌어요! 가라앉고 있어요! 오스쿠르에데무아!

스탐벡은 들고 있던 걸 전부 팽개치고 나를 건져냈다. 홀딱 젖은 몸에 입술은 파랗게 질리고 귀도 아팠다. 스탐벡이 잡을 뻔한 커다란 고기는 라디오 안테나와 노끈, 못까지 챙겨서 물속으로 사라져버렸다. 스탐벡이 건진 건 나뿐이었다.

나는 폐 속으로 들어온 더러운 물을 토해냈고 스탐벡은 황급히 나를 집으로 데려갔다.

막사로 돌아와서는 내가 얼마나 심하게 이를 딱딱거렸던지 글로리아는 누가 들으면 캐스터네츠 소리인 줄 알겠다고 했다. 그러고는 욕을 바가지로 퍼부으며 내 옷을 벗겼다. 옷들이 꽝꽝 얼어붙어서 판지라고 해도 될 것 같았다.

"세상에, 쿠마일! 이런 날씨에 무슨 생각으로 물속에 들어간 거야?"

글로리아가 살갗이 벗겨지겠다 싶을 정도로 내 몸을 문질러주었지만 나는 여전히 덜덜 떨며 한 마디도 하지 못했다. 머릿속까지도 꽁꽁 얼어붙어버렸다.

스탐벡과 베토프 아저씨가 담요를 한 아름 들고 찾아왔다. 두 사람은 글로리아가 불 피울 준비를 해둔 구석 자리로 나를 옮긴 다음, 몇 겹의 담요로 꽁꽁 감싼 뒤 불을 지폈다. 스탐벡은 미안하다는 말을 우물거렸고, 베토프 아저씨는 스탐벡의 머리를 후려치며 화를 냈다.

"이거 원, 이 속에 아무것도 안 들었어! 바람밖에 든 게 없어!"

나는 아주 깊은 잠 속으로 빠져들었다. 마치 지구의 중심까지 내려앉는 것 같았다.

# 13

나는 병이 나고 말았다. 일어나지도 못했고, 아무것도 할 수 없었다.

글로리아는 일을 쉴 수 없었다. 일을 안 하면 당장 쓸 돈이 없었기 때문이다. 베토프 아저씨는 쌍둥이를 시켜 글로리아가 트럭 운전을 하는 동안 교대로 내 곁을 지키게 했다. 그리고 나에게 이렇게 말했다.

"우린 대가족이고 너희는 둘뿐이잖아. 며칠 정도는 기꺼이 우리 딸들을 빌려줄 수 있어!"

나는 정확히 엿새 동안 아팠다.

쌍둥이 자매는 번갈아가며 내 머리맡을 지켰다. 향이 나는 약초를 태우고 열이 나는 내 이마를 젖은 수건으로 계속 닦아주면서 내가 앉고 싶어 하면 시원한 손으로 내 목덜미를 감싸 일으켜 주었다. 차도 끓여주었다. 몇 리터나! 꿀과 탕약도 함께.

나는 '빈민 대학'이 존재하던 시절 린 할머니가 가르쳐준 약초의 이름을 떠올리려 애썼다. 그리고 열이 올라 멍한 상태로 약초 이름을 읊조렸다. "수막 열매 가루는 탁월한 강장제…… 축농증 치료에 유칼립투스 잎…… 기침과 열을 내리는 계피 기름…… 마사지에 효능을 더하는 장뇌……"

수키가 내 맥을 짚어주었다. 수키의 손가락은 너무나 가볍고 연약해서 마치 새 발가락 같았다. 나는 수키에게 입에서 나오는 대로 아무 이야기나 계속 했고 수키가 웃을 때 입가의 점이 보조개 속으로 사라지는 걸 보았다.

마야는 노래를 불러주었다. 마야의 목소리가 나를 어르면 나는 기침을 하지 않고 부드러움의 물결에 휩싸여 스르르 잠이 들었다. 잠에서 깨어나면 그 애의 양쪽 눈썹이 만드는 문장 사이에 찍힌 점으로 내 곁에 있는 그 애의 얼굴을 분간했다. 나는 마야에게 눈썹에 뭐라고 쓰여 있는 거냐고 물었다. 마야는 사팔눈을 만들더니 웃으며 대답했다.

"수키 말이 맞았어! 너는 정말 별말을 다 하는구나, 쿠마일!"

스탐벡과는 달리 마야와 수키는 머리에 바람만 들어 있지 않았다. 그 애들은 전쟁 전 이야기를 해주었다. 수마술라에서 멀리 떨어진 곳에 있는 커다란 벽돌집에서 살았다고 했다. 그런데 어느 날, 포탄 하나가 떨어졌고 집이 무너졌다. 스탐벡은 사흘을 꼬박 그 잔해 속에 깔려 있었다. 모두들 스탐벡이 죽었을 것이라 생각했다.

"하지만 구조대원들에게 구출됐을 때, 오빤 아주 멀쩡했어!" 마야는 웃으며 말했다. "지능을 두고 나온 줄 그땐 몰랐지……"

"언젠가는 정상적으로 돌아오겠지?" 수키는 한숨을 내쉬었다. "전쟁은 많은 사람들에게서 많은 걸 빼앗아갔어."

나는 담요 속에서 오들오들 떨며 말했다.

"그래도…… 너희 집이 안 무너지고, 열차 사고도 나지 않고, 민병대가 바실리 할아버지의 과수원도 빼앗지 않고 글로리아와 나를 프세즈카야 강 건너로 쫓아내지 않았다면…… 그랬다면 내가 호수에 빠질 일은 없었겠지, 안 그래?"

"무슨 소리야?" 수키는 어리둥절한 표정으로 물었다.

나는 얼굴이 빨개진 채 눈을 감았다. 전쟁은 나쁜 것이다. 당연한 말이다. 전쟁은 많은 사람들에게서 많은 걸 빼앗아갔다. 하지만…… 전쟁은 내게 글로리아를…… 그리고 내 첫사랑을 보내주었다. 이런 야릇한 상황을 어떻게 설명해야 하지?

일을 마치고 돌아온 글로리아는 얼굴에 먼지를 얼마나 뒤집어

썼는지 마치 압델말리크의 사촌 같았다. 나는 글로리아에게 전쟁 중에 행복해도 되는지 물었다.

근엄한 표정으로 나를 쳐다보던 글로리아가 때가 까만 양 볼을 닦아내며 대답했다.

"우리는 언제나 행복해져야 한답니다, 블레즈 씨!"

# 14

슬픈 일이지만, 모두들 알다시피 최고의 순간에는 끝이 있다. 나는 당연히 회복되어야 했고 다시 매립장으로 돌아가 일을 해야 했다. 그 뒤로 스탐백이 산책 가는 곳엔 절대 따라가선 안 된다는 금지령이 떨어졌고, 스탐벡 역시 호수 근처에는 얼씬도 하지 못했다. 하지만 수키와 마야는 계속 밤마다 우리 집으로 놀러 왔다.

몸이 어느 정도 고된 일에 적응되자 피곤이 덜했다. 우리는 방수포 바닥에 앉아 내가 종이 상자를 잘라 만든 카드로 카드놀이를 했다. 나는 수키와 마야에게 포커와 브리지, 블랙잭의 규칙을 가르쳐주었다. 쿠즈마 아저씨에게 전수받은 비법, 그러니까 속임수를 가르쳐주었던 것이다. 수키는 대단히 재미있어했고, 마야는 신경질을 냈는데 지는 게 싫었기 때문이다. 카드놀이에 네 명이 필요할 때는 스탐벡을 불렀다.

"아주 간단해. 카드 다섯 장을 받아. 만약 같은 숫자 카드를 두 개 쥐고 있으면 원페어고, 세 개면 트리플이야. 그리고 숫자와 상관없이 카드 다섯 장이 모두 같은 문양이면 그건 플러시라고 해……"

스탐벡은 진땀을 흘려가며 집중했다. 입술까지 부르르 떨었다. 줄줄 새는 머리로 용쓰는 모습을 보고 있자니 서글퍼졌다. 나는 다짐했다. 언젠가 작업용 갈고리를 들고, 니켈선 말고, 스탐벡의 옛날 집 잔해를 뒤져 그 속에 묻힌 지능을 되찾아주겠다고.

"이제 그만할래. 나 졸려." 마야가 불쑥 말했다.

"응. 나도 되게 피곤해." 수키도 거들었다.

우리는 서둘러 카드를 정리했고, 스탐벡은 안도의 한숨을 내쉬며 집으로 돌아갔다. 돌아가기 전 쌍둥이 자매는 내 볼에 입맞춤을 했다. 심장이 마른 지푸라기가 타들어가는 것보다 더 빠른 속도로 타올랐다. 하지만 쌍둥이가 문턱을 넘자마자 그 불은 사그라졌고, 공허함이 배 속을 파고들었다. 사랑은 이상한 병이었다. 나는 더웠다 추웠다 했다. 내가 과연 그 병을 견뎌낼 수 있을지, 나는 확신이 없었다.

수마술라에는 상이군인들이 점점 늘어났다. 그들은 눈 한쪽, 다리 하나, 팔 하나를 잃었다. 어떤 이들은 정신이 나가서 당나귀처럼 고래고래 소리를 지르며 사방을 뛰어다녔다. 전쟁에 대해 우리가 보는 것이라곤 그게 다였다. 베토프 아저씨는 '작전무대'는 우리가 사는 곳에서 훨씬 먼 북쪽이라며, 우리는 피난민이라고 했다. 나는 '피난민'이라는 단어가 참 좋았다. 그 말은 분명 우리에게 피난처가 있다는 것을 의미했고, 그 생각에 안심이 되었기 때문이다.

내 머릿속에서 전쟁은 내 초록색 지도책 79페이지에 나오는 산골짜기와 거대하고 어둠침침한 숲 속에 웅크리고 있는 굶주리고 사나운 야수를 닮아 있었다. 나는 구불거리는 도로들을 손가락으로 짚어가며, 적군을 찾아 진군해야 하는 군인들의 모습을 그려보았다. 포탄 세례에 무너지고 짓밟힌 마을들. 전쟁은 가족들을 거리로 내몰고, 방목장을 먹어치우고, 길게 늘어선 병사들을 집어삼킨다. 전쟁은 그렇게 탐욕스럽다.

가끔씩 나는 젬젬과 글로리아 보엠의 남자형제들을 생각했다. 어쩌면 벌써 그 게걸스러운 야수에게 잡아먹혔는지도 몰랐다. 글로리아를 슬프게 할까봐 직접 물어볼 엄두가 나지 않았다. 그래서 그냥 이렇게 물었다.

"만약 전쟁이 수마술라까지 닥치면 그땐 어떡해?"

"지금까지 해온 대로 하면 되는 거야, 쿠마일. 또다른 지평선을 향해 곧장 걸어가야지."

"오케. 그런데…… 베토프 아저씨네 가족도 같이 가는 거지?"

"글쎄? 길이 너무 많아서 헤어질 수도 있어. 더군다나 캅카스 지역에선."

나는 다시 지도 보기에 열중했다. 이 계곡에서 저 계곡까지 얽혀 있는 국경선 표시 점선이 눈에 들어왔다. 그루지야, 압하지야, 아르메니야, 체첸, 북오세티야, 남오세티야, 잉구셰티야, 다게스탄……

글로리아가 고개를 절레절레 흔들며 말했다.

"나라가 너무 많아! 민족도 너무 많고! 국경이나 지명이 끊임없이 바뀌잖아…… 결국 남는 건 폐허와 불행한 사람들뿐인데. 아무리 캅카스 지역을 이해하려 해도 소용없어요, 블레즈 씨. 그냥 두세요. 프랑스 어린이가 상관할 문제가 아니니까요. 오케?"

"오케."

나는 책장을 넘겼고 내 손가락은 꾸불꾸불한 길을 따라 서쪽으로 미끄러져 갔다. 그리고 언제나처럼 프랑스에 다다랐다. 전쟁도 민병대도 없고, 공화국인 덕분에 모든 게 간단한 나라였다.

"모두 다 프랑스로 같이 가면 좋겠어. 바실리 할아버지하고 젬젬, 글로리아의 남자형제들, 그리고 에밀과 바크사도! 찾을 수 있다면 아빠도 함께! 엄마에게 깜짝 선물이 될 거야. 다시 만난 기념으로 멋진 파티도 열고!"

나는 흥분하기 시작했다. 프랑스보다 더 멀리 지도책 17페이지에 있는 영국까지도 갈 수 있을지 모른다! 글로리아는 나와 함께 길을 연구하려고 내 어깨너머로 몸을 숙였다. 우리의 손가락은 성큼성큼 걸어서 산을 넘고 국경을 지나고 강을 건넜다. 내 손가락이 프랑스 꼭대기에 있는 칼레라는 도시에 이르렀다.

"여기서는 배를 타야 해. 다리가 안 보이니까."

"조만간 터널이 생길 거야. 오래전부터 기술자들이 최선의 방법을 찾고 있거든."

"바다 밑으로 통하는 터널?"

"바로 그거야! 기차가 통과하는 터널."

나는 이 환상적인 아이디어 앞에서 말문이 막혀버렸다. 내 손가락은 여전히 그 대단한 사람들이 바다 밑으로 터널을 뚫을 거라는 지역을 가리키고 있었다. 내 마음에 꼭 드는 계획이었다. 그래서 엄숙한 태도로 영불해협을 관통하는 터널이 뚫리면 내가 꼭 첫번째 열차의 승차권을 살 거라고 말했다.

"오케?"

글로리아는 절대로 내 꿈을 꺾는 법이 없었다. 그러라고 했다. 꼭 그러라고. 운도 따를 거라고 했다.

"하지만 지금은 늦었으니까 우선 잠을 자야 해."

나는 언제나처럼 내 이야기를 모두 다 들려달라고 졸랐다. 반쯤 잠이 든 상태에서 나는 화염에 휩싸인 열차가 물살을 가르며 놀란 물고기들 사이를 휘젓고 다니는 모습을 보았다.

# 15

수마술라에 다시 겨울이 찾아왔고, 호숫가에 사는 사람들에게 저주가 내렸다는 소문이 이 막사 저 막사에 번지기 시작했다. 여러 명의 여자가 괴물 아기를 낳았다는 것 같았다.

"한 아이는 머리가 아예 없대!" 수키가 말했다.

"머리가 둘인 아이도 있다던데!" 마야가 인상을 찌푸리며 말했다.

"누가 그래?"

"주임이 그랬어! 직접 봤대!"

알고 보니 주임이 직접 본 건 아무것도 없었다. 자기 처제가 팔이 셋 달린 어린애를 낳았다고 했다는 러시아 할아버지를 아는 정도였다.

"으악!" 여자아이들이 소리쳤다. "팔이 셋이라니!"

어른들은 우리 말을 믿으려 하지 않았다. 글로리아가 공장 길목에서 특수 차량을 마주치기 전까지는.

"남자들이 방탄차를 타고 있었어. 위아래가 붙은 작업복에다 특수 안경을 쓰고 입에는 마스크까지 했는데……"

"우주 비행사처럼?"

"그래, 맞아! 그 사람들이 호숫가로 가더라고. 세상에, 심각한 일인가 봐!"

삽시간에 호수 낚시가 금지됐고 둑으로 가는 길에는 방역 선이 쳐졌다. 작업복을 입은 사람들은 여기저기 텐트를 쳤다. 베토프 아저씨 말로는, 그들은 정부에서 파견한 과학자들인데 호수의 물과 토양, 심지어 물고기 내장까지 검사한다고 했다. 아마도 호수가 옛날 전구 공장에서 배출한 유독성 폐기물에 오염됐을 거라고 했다. 그래서 괴물 아기들이 태어났을 거라고. 어떻게? 그건 아무도 몰랐다! 두려운 것은 바로 그 점이었다. 많은 가족들이 막사를 버리고 떠나버렸고, 또다른 가족들은 짐을 꾸리기 시작했다.

그리고 베토프 아저씨가 나를 이상한 눈으로 쳐다보기 시작했다. 마치 내가 머리가 없거나 등에서 세번째 팔이 솟아나고 있기라도 한 것처럼 말이다. 갑자기 끔찍하게 불안해졌다.

"미안하다, 쿠마일…… 하지만 너는 그 오염된 호수에 빠졌어. 조심했어야 했는데 말이다. 무슨 일이 벌어질지 알 수 없는 상황인 만큼, 수키와 마야는 더이상 너희 집에 못 간다. 그리고 가급적이면 멀찍이서 일해주면 좋겠구나. 알겠니?"

이 따돌림은 내게 닥쳤던 일들 중 최악이었다. 나는 글로리아의 품에 안겨 한참을 울었다. 너무 불공평해, 나는 이제 아프지 않은데, 만약 내가 호수에 빠지지 않았다면, 정말 그랬다면 우리 모두 거기서 잡은 물고기를 먹었을 테고, 그랬다면 우리 모두 정말로 병에 걸렸을지도 모르는데!

뒤늦은 후회였다. 불행은 이미 현실이 되었다.

수키와 마야는 나를 피했다. 나를 보면 고개를 숙이고 빠른 걸음으로 비켜났다. 스탐벡은 침울한 장례식장 표정을 하고 있었지만 베토프 아저씨가 시키는 대로 따랐다.

유리 산에서도 더이상 내 자리는 없었다. 나는 갈고리와 슬픔만 남은 고통받는 영혼이었다. 나 자신을 위로하기 위해 나는 올레그가 준 바이올린에 끼울 줄과 포티아의 라디오에 쓸 만한 배터리를 찾아 쓰레기 더미를 파헤쳤다. 그리고 결국 필요한 것들을 찾아냈고, 그날 밤은 카드놀이 대신 소중한 물건들을 꺼내 수리하며 보냈다. 그리하여 바이올린은 을씨년스럽긴 해도 깽깽거리는 소리를 냈고 라디오에서도 조금씩 잡음 섞인 소리가 들려왔다.

"적막한 것보단 낫네!" 글로리아는 내게 용기를 북돋워주었다.

하지만 억지 미소가 뻔히 보였다.

점점 떠나는 가족들이 늘어났고, 군대의 징병 담당관들이 수확물 위에 떨어지는 우박처럼 마을을 덮쳤다. 그들은 최전선으로 갈 지원자를 찾고 있었다. 그러던 그해 가을의 어느 날, 나는 다른 남자들과 군용 트럭을 타고 떠나는 주임을 보았다. 그는 내게 브이 자를 그려 보였다. 트럭이 저 멀리 사라질 때까지 나는 그 가을날의 소란 속에 혼자 서 있었다.

재앙으로 얼어붙어버린 분위기 속에서 정처 없이 길을 따라 걷고 있는데 글로리아가 절반쯤 채워진 트럭을 힘겹게 몰고 나타났다. 할 수 있을 때까지 계속 운전을 할 거라고 했다. 이렇게 모인 한 푼 한 푼이 미래를 향해 나아가는 한 걸음 한 걸음이라고.

"우리한테 무슨 미래가 있어?" 나는 한숨을 내쉬었다.

"그런 말 하지 마, 쿠마일! 그런 우울한 말 하기에 넌 아직 너무 어려!"

어느 날 아침, 나는 베토프 아저씨네 막사가 텅 비어 있는 것을 발견했다. 아무것도 없었다. 냄비도, 담요도…… 작별 인사도 없이 그들은 그렇게 떠났다.

나는 휑뎅그렁한 막사에 가만히 서 있었다. 얼마나 목이 멨는지 숨이 막혀 죽을 것만 같았다.

집에 가려고 뒤돌아섰는데, 문에 내 카드 한 장이 압정으로 꽂혀 있는 게 보였다. 나는 카드를 떼어냈다. 하트 에이스였다. 수키와 마야가 내게 남길 수 있었던 유일한 사랑의 메시지였다.

# 16

드디어 열 살이 됐다. 산산이 부서진 가슴과 피 맺힌 두 발 그리고 주린 배를 안고 나는 또다시 글로리아와 함께 군장을 짊어지고 알 수 없는 곳을 향해 끝없는 길을 나섰다. 그때부터 우리는 피난처 없는 피난민 신세가 되고 말았다. 그리고 나는 아무래도 절망에 걸린 것 같았다.

"이런, 이런! 쿠마일, 장담하건대 내가 검사해보면 너한테서는 기생충 한 마리도 안 나올 거야!"

나는 어깨를 으쓱했다.

"그냥 가. 나도 이제 다 컸어. 절망이란 게 기생충하고 아무 상관 없다는 것쯤은 안단 말이야."

글로리아는 갑자기 걸음을 멈추고 나를 못마땅하게 쳐다보더니 군장을 땅에 내려놓고 열어젖혔다. 우리는 눈밭 한가운데, 짓누르는 듯한 하늘 아래에 서 있었다. 까마귀가 우리 머리 위를 빙빙 돌고 있었다. 뭐 하는 거지? 설마 내가 여기서 야영이라도 하고 싶어 한다고 생각하나?

"그래. 네 말이 맞아, 쿠마일. 너도 이제 많이 컸어." 글로리아는 군장 속으로 고개를 집어넣으며 말했다. "이제 너한테 내 비밀 치료약에 대해 말해줄 때가 된 것 같아."

나는 한숨을 쉬었다. 눈 때문에 바지가 무릎까지 젖은 데다 온몸이 쑤셨다. 수마술라에서부터 적어도 백만 킬로미터는 족히 걸은 것 같았다. 과학자들이 수마술라를 '위험 지역'으로 선포하자 이동 명령이 떨어졌고, 동네는 결국 텅 비었다. 그런데 도대체 뭘로 날 위로하겠다는 거지? 마술사처럼 수키와 마야, 스탐벡이라도 꺼내줄 생각이야?

"그렇지, 여기 있다!" 글로리아는 낡은 과자 상자를 꺼내 들며 웃었다.

그리고 장갑을 벗더니 처음으로 내 앞에서 그 상자를 열었다. 기분이 썩 좋은 상태는 아니었지만 호기심에 이끌려 상자에 가까이 다가갈 수밖에 없었다.

"언젠가 이게 우리에게 꼭 필요할 거라고 생각했거든. 오늘이 바로 그날이야."

처음엔 그냥 종이 뭉치 같았다. 그런데 글로리아가 펼쳐 보여 준 그 뭉치가 무엇인지 깨닫는 순간 내 두 눈은 휘둥그레졌다. 두꺼운 지폐 뭉치였다. 미국 달러 지폐. 그리고 같이 들어 있던 두 개의 작은 수첩에는 똑같이 '여권'이라는 글자가 적혀 있었다. 안으로 뜻을 알 수 없는 알파벳이 몇 줄 보였다.

"이 여권에는 네 이름이 쓰여 있어. 블레즈 포르튄. 다른 하나는 잔 포르튄, 네 엄마 이름으로 된 거고. 여기 사진만 없는데, 배 타기 전에 새로 찍으면 될 거야."

"배를 탄다면……"

꽤 컸다고 생각했지만, 내가 제대로 이해하고 있는 건지 확신이 서지 않았다. 글로리아는 내 얼굴을 보면서 활짝 웃었다.

"쿠마일. 절망을 치료할 수 있는 유일한 약은 말이지, 그건 바로 희망이야! 이 과자 상자에 들어 있는 거, 이게 바로 희망이란다!"

그러고는 흡족한 표정으로 상자를 닫았다.

"우리가 그 여권을 쓰는 거야?" 나는 믿을 수 없다는 듯 물었다.

"그렇지!"

"그러니까…… 우리 엄마인 척한다고?"

"그래." 글로리아는 미소를 지었다. "그리고 마침내 넌 공식적으로 블레즈 포르튄이 되는 거야."

나는 믿을 수가 없었다. 주변에 보이는 것이라고는 눈, 하늘, 그리고 까마귀가 전부였다. 끝도 없이 흐릿한 풍경. 달러 뭉치나 여권 따위는 아무짝에도 쓸모없는 그런 곳이었다. 나는 글로리아에게 물었다.

"어디로 가는 건데?"

"그야 프랑스지!" 어깨에 다시 군장을 짊어지며 글로리아가 신 난 목소리로 대답했다.

"어때, 너도 갈 거지?"

# 17

그 뒤로 이어진 백만 킬로미터를 걷는 일은 이전보다 훨씬 쉽게 느껴졌다. 목적지가 있다는 것은 날개를 단 것과 같다! 눈밭을 지나고 자갈밭을 건너 보이지 않는 곳에서 부엉이가 울어대는 벌거숭이 숲을 통과하는 동안에도 나는 한 번도 지치지 않았다. 그리고 글로리아에게 끊임없이 물었다. 묻고 또 물었다. 프랑스로 가는 거 맞지? 응. 그런데 정확히 프랑스 어디로 가는 거야? 프랑스에는 도시가 많잖아! 어떤 배? 배 이름은? 아참, 프랑스에 도착하면 우린 뭘 해? 맞다, 우리 엄마 여권은 어떻게 갖고 있었던 거야? 응?

글로리아는 우리 엄마가 열차에서 의식을 잃기 전에 자신의 여권과 내 여권을 넘겨주었다고 대답했다. 나는 따져 물었다.

"지금까지 한 번도 그런 말 한 적 없었잖아!"

"그래서 지금 했잖아."

"그럼 사진은?"

"사진은 무서워서 내가 태워버렸어."

나는 눈썹을 찌푸렸다.

"돈은?"

"이 상자는 젬젬이 준 거야. 우리가 떠날 수 있기를 바랐고, 무사히 검문소와 국경을 통과하기를 바랐거든. 보엠이라는 이름으로는 전쟁 중인 지역을 벗어나기가 쉽지 않으니까. 알겠니?"

"젬젬의 선물이라는 게 이거였어? 상자와 달러?"

"이게 다는 아니야. 나머지 선물에 대해서는 아마…… 나중에 얘기해줄 기회가 있을 거야."

나는 글로리아가 지금까지 여권에 대해 한 마디도 해주지 않았다는 사실에 혼란스럽기도 하고 기분이 상했다. 그렇다면 그 끔찍한 사고와 엄마에 대한 이야기도 거짓 없는 진실이 아닐 수 있다는 뜻이었기 때문이다…… 뭐, 어쩔 수 없지. 믿는 수밖에.

우리는 길이 진창으로 변해버린 마을을 통과했다. 길가 전봇대의 끊어진 전화선이 바람에 털럭대는 모습을 보니 목매단 사람이 연상되었다. 들판은 물에 잠겼다. 도로는 어디로 이어지는

지 알 수 없었고, 드넓은 공간엔 풀 한 포기 돋아나지 않았다.

마을을 지나가며 마주친 사람들은 뼈만 앙상한 개 몇 마리를 데리고 적대적인 표정을 짓고 있었다. 그들은 우리를 보자마자 대문을 굳게 걸어 잠갔다. 우리가 수마술라의 '위험 지역'에서 왔다는 걸 아는 걸까? 우리 얼굴에 그렇게 쓰여 있기라도 한 걸까?

"신경 쓰지 마. 유령인 것처럼 지나가면 되는 거야."

나는 내가 아무것도 아닌 존재라고, 그저 스쳐 지나가는 한 줄기 바람에 불과하다고 상상하려 애썼다…… 하지만 하루하루 지나는 게 고통스러웠고, 또다시 슬픔이 가슴 한구석을 파고들기 시작했다. 갈고리를 집어삼켰대도 그보단 나았을 것이다.

때때로 먹을 걸 훔쳐야 하는 상황에 놓이기도 했다. 창가에 놓아둔 김이 모락모락 나는 빵, 말린 고기나 오이 피클 같은 것들.

덮개를 씌운 화물칸에 창백한 얼굴의 군인들을 한가득 싣고 영구차보다 더 느릿느릿 북쪽으로 향하는 트럭과 마주치기도 했다. 승리의 신호를 보내는 사람은 아무도 없었다.

밤이 되면 헛간이나 성당에서 잠을 잤다. 닭장에 들어가 잠을 청할 때도 있었다. 그런 날 아침이면 온몸에서 닭똥과 썩은 지푸라기 냄새가 진동했다.

"용기를 내." 글로리아는 언제나처럼 이렇게 말했다. "이제 거의 다 왔어."

하지만 항구는 어디에도 없었다. 우리가 탈 거라던 배는 더더욱 보이지 않았다. 프랑스는 다다를 수 없는 머나먼 꿈이었다. 게다가 사모바르에 물을 끓일 석탄까지 다 떨어져버렸다.

글로리아는 내 손을 꼭 잡았다.

"조만간 산악 지역을 벗어나게 될 거야, 쿠마일. 저지대에 이르면 강이 하나 나타날 거야. 그리고 그 강 끝에는 드넓은 바다로 흘러가는 강어귀와 항구가 보이는 마을이 나타날 거라고. 거긴 날씨가 따뜻해서 야자나무도 있어, 쿠마일. 그곳에 가면 우리를 도와줄 사람들을 만나게 될 거야. 내가 다 알아서 할 테니까 아무 걱정 하지 마."

나는 있을지 없을지 모를 마을로 우리를 태워다줄 배가 있다는, 있을지 없을지 모르는 또다른 마을을 상상하며 계속 걸었다. 하지만 좀체 머릿속을 떠나지 않는 의문이 있었다.

"검문을 하면 글로리아가 프랑스 사람이 아니라는 게 뻔히 들통 날 텐데……"

"이런, 이런! 왜 그렇게 생각해?"

"글로리아는 프랑스 말도 할 줄 모르고……"

"그게 어때서? 그건 블레즈 씨도 마찬가지잖아요! 그렇지만 프랑스 사람 아니던가요? 안 그래요?"

모국어랍시고 내가 아는 프랑스어 단어를 꼽아보니 겨우 두 개뿐이었다. 오케. 그리고 오스쿠르에데무아. 글로리아의 지적에 할 말이 없어졌다. 그래서 나는 내 발이 내 발이 아니라고 애써 생각하며 남은 길을 묵묵히 전진했다.

드디어 강줄기가 보였고, 우리는 마침내 강어귀, 그리고 수후미 항구에 도달했다. 야자나무 숲 너머로 여러 척의 상선과 포신을 세운 군함들이 서로 부딪힐 듯 아슬아슬하게 오가고 있었다.

폐허가 된 건물들 위로 밤이 내려앉았다. 비까지 내렸다. 강변에는 각종 잔해뿐 아니라 갈 곳 없는 어른들과 아이들이 넝마를 두르고 아무 데서나 널브러져 자고 있었다. 나는 너무 피곤한 나머지 길거리의 개와 쓰레기 옆에서 비를 맞으면서도 잘 수 있을 것 같았다.

"이런, 이런! 오늘 밤엔 더 좋은 곳이 있어! 가자!"

글로리아는 나를 건물들 뒤뜰로, 고약한 냄새가 나는 골목길들로 데리고 갔다. 그러다 우리는 마침내 마타신이라는 어떤 바의 입구에 이르렀다.

어두운 실내에는 덜걱거리는 테이블 여러 개가 놓여 있었다. 시가를 피우던 사람들이 우리를 빤히 쳐다보았다. 글로리아는 나를 기다란 의자 쪽으로 떠밀더니 거기서 기다리라고 했다. 알겠지?

나는 끈적거리는 팔걸이에 머리를 기댄 채 몸을 웅크렸고, 글로리아는 카운터로 향했다. 맥주병을 따는 남자에게 뭐라고 말을 거는 것 같았는데 내게는 들리지 않았다. 두 사람은 오랫동안 이야기를 했다. 오랫동안…… 나는 백 년 동안 깨지 않을 것 같은 깊은 잠 속으로 빠져들었다.

나를 깨우는 글로리아의 얼굴에 웃음이 가득했다.

"다 잘됐어. 며칠 뒤에 배를 탈 거야. 그때까지는 저 위에서 지내면 돼."

글로리아는 손가락으로 마타신의 천장을 가리켰다.

우리는 가파른 사다리를 타고 비좁은 뚜껑 문까지 올라갔다. 글로리아는 뚱뚱한 몸 때문에 힘들어 숨을 몰아쉬었다. 우리는 마침내 창고 같은 다락방에 군장을 내려놓았다. 우리의 새 피난처였다.

먼지가 수북하고 궤짝들로 복잡스러운 곳이었지만 하늘로 열리는 천창이 있었다. 글로리아는 창 바로 아래에 간이침대 두 개를 펼쳤다. 그러고는 이렇게 하면 별을 볼 수 있을 거야, 정말 멋지겠지? 하고 말했다.

나는 침대에 누웠다. 그리고 하늘을 올려다보았다. 네모난 하늘은 캄캄하기만 했다.

"좀 기다려봐. 구름 너머엔 항상 별이 있거든. 절대로 변하지 않는 법칙이지. 잠들면 안 돼, 쿠마일. 하늘을 잘 지켜보고 있으렴."

빗방울이 창문 위로 후드득 떨어졌고 글로리아는 기침을 약간 했다. 나는 도브로미르가 준 담요로 몸을 꽁꽁 감싸고 어떻게 해서든 눈을 감지 않으려고 애쓰면서 한스카 부인이 낡은 책을 들이파며 가르쳐준 별 이름을 하나씩 떠올려보았다. 베텔게우스, 알데바란, 메라크, 베가……

순간, 천창 너머로 무수히 많은 빛나는 점들이 밤을 가르며 지나갔다.

"별이 나타났어!"

하지만 글로리아는 아무 대답도 하지 않았다. 잠이 들어버린 것이다.

빛나는 점들은 순식간에 사라졌고 부르릉 하는 엔진 소리가 들리더니 잠시 후 건물 벽이 흔들릴 정도로 둔중한 굉음이 들려왔다.

내가 본 그것은 별이 아니었다.

나는 담요 속에 머리를 파묻고 눈을 꾹 감았다. 멀리서 폭탄이 수후미 항구를 부서뜨리고 있었다.

## 18

아직 이른 시각이었고 나는 우리가 어디로 가는지 알지 못했다. 글로리아는 더러운 개와 짐수레를 끄는 사람들을 헤치며 폐허가 된 길로 나를 끌고 갔다. 글로리아의 말로는 전쟁 전만 해도 수후미는 아름다운 마을이었다고 한다. 휴가철이면 수후미의 해변 리조트에는 따뜻한 햇살 아래에서 해수욕을 즐기고 싶어 하는 사람들이 몰려들었다. 여름이면 야자나무와 꽃이 핀 밀감나무 아래에서 모두 맨발에 샌들만 신고 아이스크림을 먹었다. 정말 그랬다고 했다. 하지만 이제 수후미의 모습은 끔찍했다. 만약 누군가 맨발로 돌아다닌다면, 그건 집이 무너져 그 아래 신발이 파묻혔기 때문이었다. 남은 것은 찬란했던 과거의 유적들, 텅 빈 호텔, 말라버린 분수대, 강기슭에 떠 있는 녹슨 부교, 허물어진 담장뿐이었다. 그래도 나는 폭탄과 군인 그리고 두려움이 휩쓸고 지나가기 전, 화려했던 이곳의 삶을 떠올려보려 노력했다. 그 시절이 끝나버린 이유를 알고 싶었지만 소용없는 일일 것이었다. 글로리아는 캅카스 지역에 대해선 신경 쓰지 말라고, 그건 프랑스 어린이가 신경 쓸 문제가 아니라고 말할 게 뻔했다. 어쨌든 우리는 서둘러야 했다.

"어디로 가는지 왜 말 안 해줘? 깜짝 놀래주려고?"

계속 대답이 없자 슬슬 경계심이 생겼다.

"좋은 거야, 아니면 나쁜 거?"

글로리아가 내 손을 잡아당겼다. 나는 대로에 생긴 깊은 물웅덩이를 성큼 뛰어넘었다.

마침내 우리가 걸음을 멈춘 곳은 어느 큰 건물 앞이었다. 드문드문 지워진 글자가 문을 장식하고 있었다. **공주모요탕**.

"공주모요탕?"

글로리아는 내게 윙크를 해 보였다.

"가자!"

우리는 문을 열고 소리가 울리는 홀로 들어갔다. 아이들과 함께 온 여자 어른 여럿이 피곤한 눈을 한 뚱뚱한 아줌마가 지키는 창구 앞에 줄지어 서 있었다. 우리는 동전 몇 개를 내고 지하로 이어지는 계단을 내려갔다.

"운이 좋을 줄 알았다니까! 아직 단수가 되지 않았어!"

바닥을 디디니 훅 끼치는 뜨거운 수증기와 비누 냄새에 숨이 막힐 것 같았다. 나는 그제야 그 글자가 '공중목욕탕'이었다는 것을 깨달았다.

글로리아는 신발을 벗더니 나머지도 훌훌 벗어버렸다. 울룩불룩한 살들이 적나라하게 드러났다. 이크! 나는 동상처럼 꼼짝도 못하고 타일 바닥에 서 있었다.

"쿠마일, 뭐 하고 멍하니 서 있어!" 글로리아가 깔깔거렸다. "이것보다 어려운 일도 겪어냈으면서!"

나는 그 끔찍한 사고 이후 내가 겪어온 모든 일들을 떠올렸다. 맞는 말이었다. 잠시 후 나는 애벌레처럼 옷을 훌렁훌렁 벗어던졌다. 그리고 우리는 감미로우면서도 따뜻한 목욕탕의 안개 속으로 들어갔다.

목욕을 마치고 나온 우리는 갓난아이처럼 온몸이 빨갰다. 나는 피곤과 두려움 그리고 약간의 슬픔까지 씻어내 목욕탕 배수구로 모두 흘려버리고 나왔다. 한결 가벼워진 느낌이었다.

글로리아의 뺨은 바실리 할아버지의 과수원에서 자라던 사과처럼 탐스럽고 윤기가 흘렀다. 글로리아는 내 머리를 빗기고 셔츠 단추를 채워준 다음 만족스러운 표정으로 나를 바라보았다.

"아주 말끔해졌네! 하 아저씨가 마음에 들어 할 거야."

처음 듣는 이름이었다. 이것도 깜짝 선물 중 하나야? 내가 왜 그 아저씨 마음에 들어야 하는데?

"질문은 그만하고 일단 따라와봐. 통행금지가 떨어지기 전에 아주 중요한 일을 해결해야 하거든."

나는 글로리아의 손을 꼭 붙잡고 왔던 길로 되돌아갔다.

하 아저씨는 중국인이었는데, 허름한 식당 안쪽 구석에서 우리를 기다리고 있었다. 다른 중국인들 몇 명도 조용히 향이 강한 수프를 먹고 있었다. 입에 침이 고였지만 아쉽게도 우리의 목적은 배를 채우는 것이 아니었다.

하 아저씨는 커튼으로 가린, 벽장보다 조금 클까 말까 한 공간으로 우리를 데려갔다. 글로리아는 주머니에서 달러 뭉치와 여권을 꺼냈다.

하 아저씨는 여권을 대충 훑어보더니 미소를 지었다.

"아하, 프랑스! 아름다운 나라지요!"

하 아저씨는 달러를 챙겨넣고는 내게 스툴 하나를 가리켰다. 설마 세르게이 아저씨처럼 내 머리를 깎겠다는 건가?

"어서 앉아, 쿠마일. 무서워할 거 없어!"

나는 조심스럽게 스툴 위에 앉았다. 하 아저씨는 커튼 뒤를 뒤적거리더니 삼각대에 고정된 번쩍거리는 카메라를 내 앞에 꺼내 놓았다. 나는 글로리아 쪽으로 고개를 돌렸다. 그래, 뭘 하려는지 알겠어! 내 여권에 붙일 사진을 찍는 거구나! 그래서 목욕탕에 먼저 들렀던 거고! 프랑스 어린이가 꾀죄죄하거나 불결해 보이면 안 되니까.

"여길 봐라." 하 아저씨가 명령하듯 말했다. "좋아. 자, 이제 에펠탑을 바라본다고 생각하고 렌즈에 시선을 고정해."

나는 눈썹을 찌푸렸다. 에펠탑이 뭐지?

"꼬마 친구, 설마 그 유명한 에펠탑을 모르는 거야?"

나는 고개를 가로저었다. 나는 내 지도책에 나오는 도시 이름, 강 이름, 산 이름은 알고 있었고, 파리와 마르세유가 몇 킬로미터나 떨어져 있는지도 알고 있었다. 하지만 그런 탑은 처음 들었다.

하 아저씨는 한숨을 내쉬더니 다시 커튼 뒤로 돌아갔다. 그러고는 무슨 카탈로그 같은 걸 들고 돌아왔다. 장마다 각기 다른 사진이 실려 있었는데, 모두 프랑스의 기념물을 찍은 사진이었다.

"이거란다! 이게 바로 에펠탑이야! 잘 보렴!"

나는 파란 하늘에 박힌 화살표 모양의 커다란 철골 구조물을 뚫어지게 바라보았다. 사진 설명은 러시아어로 되어 있었다. '에펠탑, 샹드마르스, 센 강, 이에나 다리, 바토무슈.'

"자, 꼬마 친구. 준비됐나?"

나는 눈을 들어 카메라 렌즈를 보았다. 그러고는 뾰족한 첨탑과 센 강 위에 활 모양으로 떠 있는 다리를 떠올리며 내가 그 위에 있다고 상상했다. 찰칵.

"완벽해! 진짜 파리에 사는 꼬마처럼 나왔어!" 하 아저씨는 껄껄 웃었다. "자, 이제 자리 좀 비키거라!"

글로리아도 스툴 위에 앉았다. 나는 글로리아가 사진을 찍는 동안 그 책자를 들춰보았다. 몽마르트르와 화가들, 샹젤리제 대로에서 산책하는 사람들, 태양왕의 베르사유 궁전, 샤르트르 대성당, 가르 다리, 그리고 바다로 둘러싸인 몽생미셸의 사진이 있었다.

하 아저씨가 내 어깨 위로 몸을 기울였다. 아저씨도 나처럼 바다와 모래 그리고 몽생미셸의 꼭대기에 있는 금박 천사를 보고 있었다.

"보고 싶으면 가져가렴. 그리고 여기 나오는 걸 모조리 외워봐, 꼬마 친구. 도움이 될 거야."

하 아저씨는 이틀 뒤에 다시 오라고 말했고, 우리는 여전히 수프를 먹고 있는 사람들의 시선을 받으며 식당에서 나왔다.

날이 어둑해지고 있었다. 곧 통행금지가 내려질 시간이라 우리의 피난처로 다시 돌아가야 했다. 나는 하 아저씨가 준 카탈로그를 품 안에 꼭 안은 채 여권이 완성되면 뭘 할 거냐고 글로리아에게 물었다.

"우리가 원하는 곳으로 가야지. 잔 포르튄과 블레즈 포르튄은 자유 시민이 되는 거야!"

나는 복잡한 마음으로 생각에 잠겼다. 내 진짜 이름이 블레즈라는 건 이미 알고 있었지만 쿠마일이라는 이름을 버려야 한다고 생각하니 슬펐다. 우리가 배를 타고 떠나도 내 일부는 수후미에 그대로 남아 있을 것 같았다. 추억과 아쉬움이 가득 담긴 부두 위에 버려진 가방처럼.

순간 어떤 생각 하나가 머리를 스치고 지나갔다. 나는 글로리아의 소매를 잡아당겼다.

"글로리아가 잔이 되면 내가 정말 '엄마'라고 불러야 하는 거지? 그렇지?"

나를 쳐다보는 글로리아의 표정이 너무 심각해서 숨이 멎는 것 같았다.

"그렇게 부를 수 있겠니?"

나는 잠시 생각하다가 고개를 끄덕였다. 그러고는 코페이카 바닥에 앉아 있던 날 글로리아가 내게 해준 말을 그대로 따라 했다.

"삶을 견디려면 이야기들을 지어내야 하잖아."

## 19

야간 폭격이 점점 맹렬해졌다. 항구의 모습은 황폐함 그 자체였다. 하 아저씨는 우리에게 여권을 돌려주던 날 긴 한숨을 내쉬며 말했다. 여권은 정해진 규격에 따라 완벽하게 만들어졌지만 지금 당장은 배를 탈 수 없어, 꼬마 친구! 너무 위험하거든. 배도 없고. 기다려야 해.

"인내심을 가져." 내가 낙담한 기색을 보이자 글로리아가 말했다. "이런 걸 삶의 우여곡절이라고 하는 거야. 그때그때 헤쳐나가야지."

우리는 마타신의 다락방에 갇혀, 휴전이 되기를 바라며, 천창으로 비행기들의 동정을 살폈다.

다행히 심심하진 않았다. 달달 외워야 할 프랑스 관련 카탈로그가 있었기 때문이다. 나는 로마인들과 베르킨게토릭스, 샤를마뉴의 이야기로 글로리아를 괴롭혔다. 카탈로그는 마지막 몇 장을 제외하고는 당연히 러시아어로 되어 있었다. 마지막에는 실용 프랑스어 회화의 발음기호가 적혀 있었다.

"따라 해. 메르시 주브장프리(감사합니다-별말씀을요)."

"메르시 주브장프리."

"잘했어요. 윙카페실부플레(커피 한 잔 부탁합니다)."

"윙카페실부플레."

"좋았어. 파르동므시외주부드레알레아라투르에펠(실례합니다, 선생님. 에펠탑으로 가는 길 좀 알려주시겠습니까)."

"파르동므시외…… 이건 너무 어렵잖아, 쿠마일.

"오케. 공부는 나 혼자 할게. 나중에 몽마르트르에서 길 잃어버리고 불평하면 안 돼!"

글로리아는 종종 아래층에 있는 바로 내려가 맥주병 따는 남자하고 이야기를 나누었다. 어른들 일이었기 때문에 나는 같이 갈 수 없었다. 다락방으로 돌아올 때면 먹을 것을 들고 왔다. 그러고는 포티아가 준 라디오에 귀를 대고 몇 시간 동안 집중해서 라디오를 들었다. 전쟁 소식을 듣는 다고 했지만 내가 보기엔 그저 잡음을 듣는 것 같았다.

그러던 어느 날 저녁, 다락방 뚜껑 문이 열리고 바닥에서 두 사람의 얼굴이 불쑥 올라왔다. 맥주병 따는 남자가 말했다.

"이쪽은 누르와 파티마라고 합니다. 조금씩 붙어 지내셔야겠어요. 다른 방법이 없습니다."

남자는 간이침대 두 개를 더 펼쳤고, 글로리아는 사모바르에 석탄을 집어넣었다. 나는 눈을 동그랗게 뜨고 파티마를 바라보았다.

파티마는 침대에 앉아 머리를 감추고 있던 스카프를 풀었다. 그렇게 예쁜 사람은 난생처음이었다. 그 순간, 나는 내 인생 두 번째로 사랑에 빠지고 말았다. 내가 어찌해볼 도리가 없는 일이었다. 이런 게 바로 삶의 우여곡절이다.

파티마는 열일곱 살이었다. 수키나 마야와는 달랐다. 파티마는 특별했다.

광채가 나는 얼굴에 입술은 아주 얇았고 노래할 때의 목소리는 어딘가 모르게 쓸쓸했다. 그리고 노래를 정말 자주 불렀다! 파티마는 학교 때 이야기를 들려주었다. 가장 좋아한 과목은 수학과 기하학이라고 했다. 그러면서 손으로 여러 도형을 그려 보였다. 원뿔, 이등변삼각형, 마름모…… 그 모습이 마치 춤을 추는 것 같았다. 내가 '빈민 대학'에서 배운 내용을 들려주었더니 파티마가 칭찬을 해주었다.

“어린 나이에 정말 많은 걸 알고 있구나! 나중에 크면 대단한 인물이 될 거야!”

얼굴이 빨개졌다. 하지만 다행히도 파티마는 언제나 두 눈을 꼭 감고 있었으므로 이런 내 얼굴을 볼 수 없었다. 캅카스 동부 지역에 살 때 아빠가 민병대에 무참히 살해된 뒤로 계속 눈을 감고 있다고 했다.

파티마의 엄마인 누르 아줌마에게서 들은 이야기였다.

“민병대가 칼라시니코프 소총을 들고 집으로 쳐들어왔어요. 그리고 남편을 쏴 죽였죠. 파티마는 아빠가 매일 앉아 기도하던 양탄자 위에 쓰러지는 장면을 두 눈으로 목격했어요. 그 뒤로 눈을 뜨고 싶어 하지 않아요.”

누르 아줌마가 울음을 터뜨리자 글로리아는 뚱뚱한 몸으로 끌어안고 위로해주었다. 그러면서 소수민족, 집단 학살, 국제형사재판소 같은 어른들만 쓰는 단어를 늘어놓았다. 그런데 누르 아줌마는 절망에 걸린 게 분명했다. 뻔히 보였다.

나는 침대 위에 앉아 파티마의 눈동자는 과연 무슨 색일까 상상했다. 그리고 장막처럼 드리워진 눈꺼풀 뒤로 파티마가 무엇을 느낄지도 상상해보았다. 천창을 통해 들어오는 사각의 빛줄기? 과거의 기억 속에 남아 있는 장면들? 아빠가 흘린 피? 아니면 느낄 수 있는 거라곤 어둠뿐일까? 그런 걸 물어볼 엄두는 나지 않았다. 우리는 누구나 자신만의 환영을 안고 살아간다. 나도 그걸 잘 알기에 가슴에 상처로 남는 슬픔을 일깨우면서까지 그것들을 흩뜨려놓고 싶지는 않았다. 있는 그대로의 현실에 만족하는 편이 나았다. 우리만의 피난처, 사모바르에 끓인 따끈한 차, 그리고 또다른 지평선을 향해 나아갈 꿈을 꾸고 있는 현재.

"뭘 읽고 있니?" 파티마가 내게 물었다.

"내가 책 읽는 줄 어떻게 알았어?"

"바보, 책장 넘어가는 소리가 들리잖아! 귀는 안 먹었어!"

나는 하 아저씨와 카탈로그에 관한 이야기를 들려주었다. 그리고 에펠탑, 노트르담 대성당, 전쟁 전의 수후미와 비슷하다는 코트다쥐르에 대해 묘사해주었다. 파티마는 미소를 지었다.

"그런 나라에 가다니 넌 운이 좋구나. 우리 엄마와 나는 아라비아로 갈 거야."

나는 지도책을 펼쳤다. 아라비아는 80페이지에 나와 있었다. 캅카스에서 남쪽으로 더 내려가야 했다. 지도를 보니 그곳은 엄청난 모래사막으로 뒤덮인 곳이었다. 나는 파티마에게 생각을 바꿔 우리와 함께 프랑스로 가자고 했지만 파티마는 고개를 저었다. 이모가 거기서 일을 하고 있고, 이슬람교도이기 때문에 파티마에겐 아라비아로 가는 게 훨씬 쉽다는 것이었다.

"프랑스는 이슬람 국가가 아니야. 거기는 가톨릭 국가야."

이 말에 너무 실망해서 나는 글로리아에게 물었다.

"프랑스는 종교가 가톨릭교야?"

"프랑스에는 종교가 따로 없어, 쿠마일."

"그래? 그럼 프랑스에도 이슬람교도들이 있어?"

글로리아는 그렇다고 대답했다. 프랑스에서는 누구나 자신이 믿고 싶은 종교를 믿고, 하고 싶은 말을 하고, 하고 싶은 일을 할 수 있다고 했다. 프랑스는 인권의 발상지니까.

"그럼 파티마가 프랑스에 오면 양탄자 위에서 알라신한테 기도해도 돼? 스카프로 머리카락을 감추고 다녀도 못살게 구는 사람도 없고? 파티마한테 총을 쏘는 사람도 없고?"

"물론이지. 프랑스는 자유, 평등, 박애의 나라야. 거기서는 양탄자나 머리카락으로 이웃을 판단하지 않아. 그럴 이유가 전혀 없기 때문이지, 오케?"

"오케!"

나는 득달같이 달려가 파티마에게 그 얘기를 들려주었다. 우리와 함께 프랑스로 가는 배에 타자고 설득하고 싶은 마음이 간절했기 때문이다. 하지만 파티마는 완강하게 고개를 내저었다. 누구나 각자에게 주어진 운명을 따라야 하는 거라고, 그리고 만약 알라신이 원한다면 캅카스 지역에도 평화가 찾아올 거고 그러면 모두가 자신의 집으로 돌아갈 수 있을 거라고 했다.

"그러면 우리도 다시 만나게 될 거야, 쿠마일."

나는 격분해서 대꾸했다.

"그러려면 분명 한참 지나야 할 텐데! 어쩌면…… 그런 날이 안 올 수도 있잖아! 도대체 왜 알라신의 뜻을 기다려야 하는 건데?"

파티마의 감긴 두 눈에서 눈물이 흘러내렸다. 이런 질문에는 답이 없었기 때문이다.

나는 파티마의 손을 잡고 침대로 가 나란히 누웠다. 천창 너머로 수줍은 별들이 반짝이고 있었다.

나는 큰 소리로 소원을 빌었다.

"만약 알라신이 원한다면, 언젠가 파티마는 눈을 뜨게 될 거야. 평화도 찾아올 거고. 그럼 파티마는 수후미의 야자나무 아래에서 샌들을 신고 산책하는 사람들을 보게 될 거야. 난 어른이 되어 있을 거야. 스탐벡만큼 힘세고 단단한 어른. 그런 날이 오면 난 파티마한테 청혼할 거야. 가고 싶은 곳은 어디든 데려갈게. 바실리 할아버지의 과수원도 좋고 몽생미셸도 좋아. 모두 함께 갈 거야. 젬젬, 글로리아, 글로리아의 다섯 형제들, 에밀과 바크사…… 모두 함께."

나는 머릿속에서 생각나는 대로 말했다. 물론 어린아이 입에서 나오는 바보 같은 소리였다. 하지만 파티마는 전혀 비웃지 않았다. 오히려 내 손을 더 꼭 쥐고 노래를 불렀다. 내 꿈을 깨선 안 된다는 걸 알고 있었기 때문이다. 만약 그랬다면 내 마음 한 켠이 또 떨어져나가 아주 작은 부스러기밖에 남지 않았을 것이다.

# 20

내가 가진 소중한 물건들 중 파티마가 가장 마음에 들어 한 것은 올레그가 준 바이올린이었다. 나는 바이올린을 활과 함께 파티마의 무릎 위에 올려놓았다. 파티마는 손가락으로 바이올린 몸체의 곡선을 따라 끝의 스크롤 부분까지 더듬어 올라가더니 줄을 튕겨보았다.

"와…… 신기한 소리네!"

"원래는 줄이 없었는데, 쓰레기 더미에서 찾아낸 줄로 내가 직접 고친 거야."

파티마는 활을 잡고 바이올린을 턱에 괴었다. 그러고는 연주를 시작했다. 처음에는 자신 없는 소리가 나더니 이윽고 음이 만들어졌고, 그 음들은 하늘로 날아오르며 서로 화답했다. 그 자리에 못 박힌 듯 꼼짝도 할 수 없게 하는 기적 같은 소리였다.

연주를 끝낸 파티마의 얼굴에서는 빛이 났다.

"이상하긴 하지만 어쨌든 아름답지? 아빠가 가르쳐줬어. 너도 한번 해볼래?"

파티마는 내게 바이올린을 건네고 내 옆에 앉았다. 그리고 더듬거리며 내 손의 위치를 잡아주었다. 파티마의 머릿결이 내 얼굴을 스치고 지나갔다. 파티마의 숨결이 내 목덜미를 어루만졌다.

"무서워?"

"아니."

"그런데 왜 떨어?"

나는 세차게 두방망이질하는 내 심장을 진정시키려 애쓰며 바이올린을 켜보려 했지만 올레그의 바이올린은 말을 듣지 않았다. 파티마는 내가 내는 딱한 깽깽 소리에 웃음을 터뜨렸다. 어쩔 수 없지 뭐! 파티마의 숨결을 내 피부로 느낄 수만 있다면 난 이 세상 모든 음악 수업을 다 받을 수 있었다. 더 보여줘! 가르쳐줘! 도와줘!

딱 한 가지 문제는 내 바이올린 소리가 모두의 귀를 괴롭힌다는 것이었다. 급기야 글로리아가 제발 좀 그만하라고 통사정을 할 정도였다. 나는 기분이 상해 쏘아붙였다.

"음악을 싫어하는구나, 그렇지?"

"무슨 소리야, 내가 얼마나 음악을 좋아하는데! 바로 그래서 멈춰달라는 거야!"

파티마는 연신 웃으며 올레그의 바이올린을 케이스에 집어넣었다. 그러고는 어른들이 어른들 볼일을 보러 바에 내려가면 다시 가르쳐주겠다고 약속했다. 적어도 하루에 한 번은 기회가 있는 셈이었다.

그 순간은 하루 중 내가 가장 좋아하는 시간이었다. 파티마와 단둘이 있는 시간. 나는 파티마에게 카탈로그에 나온 실용 프랑스어 문장을 읽어주었다. 예를 들어 우쀠주트루베윙봉레스토랑(어디 괜찮은 식당이 있을까요)? 혹은 주쉬말라드주부드레부아르윙메드생(몸이 아파서 병원에 가고 싶어요) 같은 문장이었다. 그러면 파티마는 웃긴 입 모양을 하며 따라 했다. 거리의 소리를 듣는 놀이도 재미있었다. 파티마가 자신이 들은 소리를 얘기하면, 나는 천창으로 고개를 내밀고 눈에 보이는 장면을 설명했다. 멈춰 서는 자전거, 서로 욕지거리를 퍼붓는 두 남자, 사고가 난 자동차, 고양이 두 마리가 싸우는 소리…… 파티마는 많은 걸 알아맞혔다. 젬젬만큼 귀가 밝은 사람이라는 생각이 들었다.

"젬젬이 아랍어로 무슨 뜻인지 알아?" 파티마가 내게 물었다.
"젬젬은 '졸졸 흐르는 물소리'라는 뜻이야."

"그래?"

"네 이름 쿠마일은 무슨 뜻인지 알아?"

"몰라."

"쿠마일은 '우주만물'이라는 뜻이야."

나는 그건 내 진짜 이름이 아니라고, 원래는 프랑스 사람인데 캅카스 지역에서 사고를 당해 길을 잃어버렸을 뿐이라고 말할 엄두가 나지 않았다.

잠시 후 어른들이 옥수수 전병과 쌀, 양파를 넣은 고기완자 몇 개를 가지고 다락방으로 올라왔다. 우리는 이 진수성찬을 정확히 네 등분한 뒤 사모바르를 가운데 두고 바닥에 둘러앉았다.

모든 게 순조로웠다. 그러던 어느 날 마타신에서 비명이 들리고 거리에서 소란이 일어났다. 파티마의 얼굴이 창백해졌다.

"증오와 분노가 뒤섞인 소리였어." 파티마가 낮은 목소리로 말했다. "무슨 일이 벌어지고 있는 거야!"

잠시 후 어른들이 다락방 뚜껑 문을 열고 숨을 헐떡이며 나타났다. 눈가에 어둠이 짙게 드리워져 있었다.

"반군들이 나타났어!" 누르 아줌마가 말했다.

"더이상 여기 머무를 수 없겠어!" 글로리아가 말했다.

가슴 한구석에 바람 구멍이 뚫리는 것 같았다. 곧바로 파티마는 내 앞에 무릎을 꿇고 앉아 말했다.

"알라신이 결정한 일이야. 프랑스에 가면 아주 많이 자랄 거라고 약속해, 쿠마일. 여기 이렇게 일어서봐!"

갑자기 무언가가 나를 짓누르는 것 같았지만 나는 파티마의 말에 따랐다. 파티마는 나를 가까이 끌어당기더니 내 머리에 손을 얹었다.

"지금 네 키가 어디까지 오는지 잘 봐, 쿠마일. 딱 어깨까지네!"

나는 우리 둘의 키 차이가 얼마나 되는지 정확히 보기 위해 한 발짝 뒤로 물러섰다.

"나랑 결혼하려면 적어도 키가 이 정도는 돼야 해!"

파티마의 손이 자기 키를 넘어 허공에 뻗어 있었다.

"차이가 너무 나잖아! 거기까진 안 돼! 어떻게 그만큼이나 커?"

"할 수 있어, 쿠마일. 너 자신을 잘 보살피기만 하면 말이야."

나는 담요와 라디오, 조리 도구와 카탈로그를 챙겨 군장 속에 차곡차곡 담고 있는 글로리아를 흘깃 보았다. 누르 아줌마는 벌써 떠날 준비를 마친 상태였다. 뚜껑 문 옆에서 파티마를 기다리고 있었다.

"서둘러! 폭도들이 순식간에 밀려들 거야!"

나는 파티마의 목에 매달렸다. 파티마는 아주 잠깐 나를 꼭 끌어안아주었다. 그리고 끝이었다. 우리는 서둘러 계단을 내려갔다. 아래층에는 맥주병 따는 남자가 셔터를 내리고 있었다.

"빨리 가요, 빨리! 어디로든 떠나요! 위험합니다!"

우리는 쫓기듯 밀려나 피난을 떠나는 사람들로 아수라장이 된 거리로 나왔고, 우리 뒤로 곧바로 셔터가 내려졌다. 파티마는 누르 아줌마의 손에 이끌려 가고 있었고, 글로리아에게 꼭 붙어 있던 나는 그 순간, 파티마를 영영 잃게 될 것이란 사실을 깨달았다. '건물'에 나타난 민병대를 피해 도망치던 바로 그날 밤, 에밀과 바크사, 레베카, 그리고 다른 친구들과 헤어졌던 것처럼…… 그런 상황을 만드는 건 바로 두려움이었다. 두려움은 사람들을 사방으로 흩어지게 하고 혼란을 야기시켜 결국 다시는 서로를 만날 수 없게 했다.

나는 불안에 사로잡혀 큰 소리로 외쳤다.

"파티마! 눈 좀 떠봐! 날 좀 보라고! 내 얼굴이 어떻게 생겼는지도 모르잖아! 나를 기억할 수도 없잖아!"

파티마는 거리를 집어삼킬 듯 뛰어가는 사람들 틈바구니에서 잠시 머뭇거렸다. 그러고는 뒤를 돌아보았다. 하지만 두 눈은 여전히 굳게 감겨 있었다. 파티마가 내게 소리쳤다.

"네 얼굴은 몰라, 바보야! 하지만 난 네 심장과 바이올린 소리는 잘 알고 있어! 그건 꼭 기억할 거야!"

# 21

인생은 우리가 바라는 대로 흘러가지 않는다. 그것이 진실이다.

누군가를 영원히 사랑하고 싶지만 헤어져야 한다.

평화를 원하지만 폭동이 일어난다.

배를 타고 싶지만 트럭 화물칸에 올라타야 한다.

이물질이 섞인 휘발유 냄새와 땀 냄새, 젖은 개 냄새가 뒤섞인 악취를 풍기는 트럭. 진창에 빠지고, 산간 도로의 바큇자국을 따라 덜컹거리는 트럭. 이것저것 쑤셔넣은 군장을 짊어진 십여 명의 또다른 난민들을 싣고 가는 트럭.

더 끔찍한 건, 아무도 뭐가 어떻게 돌아가고 있는지 모른다는 것이었다. 하느님이든 알라신이든 있다면, 우리의 불행에 대해 한 마디라도 설명하려는 노력을 기울였을 것이다.

나는 멍한 눈으로 글로리아에게 우여곡절을 겪는 것도 이젠 지긋지긋하다고 말했다. 이제 곧 열한 살이 되는데, 내가 아는 것이라고는 황급히 짐을 싸서 길을 떠나는 것과 급작스러운 이별, 가슴이 찢어질 듯한 고통밖에 없었다.

"계속 이런 식이면 트럭에서 뛰어내려 그냥 군인들이 총을 쏘길 기다릴 거야."

"그래? 그럼 그다음엔?"

"죽겠지 뭐!"

"참 대단하십니다!"

트럭 화물칸을 둘러친 방수포에 난 구멍으로 빽빽한 나무숲이 내다보였다. 닭 똥구멍 안보다 훨씬 더 시커멓게 보였다. 만약 트럭에서 뛰어내린다면 저기 곰처럼 숨어 천년만년 잘 지낼 수 있지 않을까?

"그럼 엄마는? 너희 엄마 생각은 해봤어? 네가 죽었다는 소식을 들으면 네 엄마가 과연 좋아하실까?"

"어차피 엄마는 내가 누군지도 모르잖아. 관심도 없을 거야. 어쩌면 죽었을지도 모르고……"

"이런, 이런! 너희 엄마는 죽지 않았어. 잘 살아 있다고."

"그걸 어떻게 알아? 내가 죽지 못하게 거짓말하는 거 다 알아."

글로리아는 팔짱을 낀 채 생각에 잠겼고, 트럭은 웅덩이를 피해 지그재그로 흔들렸다. 함께 타고 있던 다른 난민들은 애써 잠을 청하고 있었다. 화물칸에 뒤엉켜 앉아 있는 모습을 보니 정말 화물들 같았다.

"여기 앉아서 얌전히 있어봐. 아주 중요한 걸 하나 보여줄게."

나는 시큰둥했다.

"또 뭘 보여주겠다는 거야? 상자에 또다른 비밀이라도 숨겨두었어?"

"상자가 아니랍니다, 블레즈 씨. 제 호주머니에 있어요."

나는 화가 났지만 그대로 자리에 앉아 있었다.

바깥에는 비가 내리고 있었고, 어딘지도 알 수 없었다. 솔직히 말하면 글로리아 때문에 화가 나긴 해도 비 맞지 않고 그 옆에 붙어 있는 편이 훨씬 나았다.

글로리아는 외투 주머니를 뒤적거리더니 구겨진 봉투 하나를 꺼냈다.

"자, 열어봐."

나는 종이를 펼쳐보았다. 왼쪽 맨 위에 파랑, 하양, 빨강 색깔이 칠해져 있었다. 여자 얼굴도 있었다. 그리고 그 밑에는 프랑스어로 몇 줄 적혀 있었다.* 카탈로그에 나온 실용 프랑스어 회화들은 모두 외우고 있었지만 알파벳으로 쓰인 건 하나도 읽을 수 없었다.

"이게 뭐야?"

"공문서야." 글로리아는 비밀 첩보원 같은 목소리로 대답했다. "외무부 문서. 여기 위에 로고 보이지? 그게 바로 프랑스의 상징이야. 그 아래에는 '자유 평등 박애'라고 쓰여 있대. 하 아저씨 친구분께 번역을 부탁드렸어."

"정말?"

"응. 그런데 거기에 뭐라고 쓰여 있는지 알아?"

글로리아는 뜸을 들이며 나를 뚫어져라 쳐다보았다. 그 눈빛이 얼마나 강렬한지 닭살이 돋는 것 같았다.

"바로 블레즈 씨 친엄마가 살아 계시다는 내용이 쓰여 있답니다. 잔 포르튄이라는 분이요! 여기 이렇게 하얀 바탕에 검은 글씨로 분명하게 말이죠! 그리고 그거 아세요? 그분은 몽생미셸에 살고 계시답니다. 공식적인 사실이에요."

나는 놀라서 두 눈이 휘둥그레졌다. 프랑스에서 날아온 서류라니! 엄마에 대한 이야기가 쓰여 있다니! 몽생미셸이라고까지 적혀 있다고! 혼란스러워진 나는 공문서를 자세히 들여다보았

---

* 프랑스 정부의 공문서에 찍히는 프랑스 공화국의 엠블럼. 프랑스를 상징하는 마리안과 삼색기를 조합한 문양이다.

다. 왈칵 눈물이 쏟아질 것 같았다. 글로리아는 문서를 도로 가져다 봉투 속에 집어넣었다. 잃어버려서도, 바람에 날아가게 해서도 안 될 일이었다.

"걱정하지 마. 배를 타는 것보다야 훨씬 오래 걸리고 힘들겠지만 우린 올바른 방향으로 가고 있으니까."

뺨 위로 눈물이 흘러내렸다. 하지만 슬퍼서 흐르는 건지 행복해서 그러는 건지 알 수가 없었다. 심장이 마치 스펀지처럼 부풀어 오르는 것 같았다.

"그럼 파티마는요? 아라비아에 가서 이모를 만날 수 있을까요? 거기서 행복하게 지낼 수 있을까요? 그 엄청난 모래밭에서?"

"인샬라."

글로리아는 그렇게 말하고는 어렸을 때처럼 두 팔로 나를 꼭 끌어안아주었다. 쓰다듬어주고, 달래주었다. 나는 글로리아가 풍기는 세제 냄새와 차 향기를 맡으며 슬픔을 달랬다. 글로리아의 냄새는 그 어떤 진통제보다 내 고통에 잘 들었다.

"자…… 이제 그만 자렴, 기적 같은 꼬마 친구. 내일은 오늘보다 나아질 거야."

## 22

흑해가 골칫거리라는 건 내 지도책 67페이지만 펼쳐봐도 충분히 알 수 있었다. 흑해만 없으면 캅카스 지역은 유럽에 훨씬 가까웠다! 하지만 누구도 바다 하나를 없애버리겠다는 결정을 내릴 수는 없었고, 그 어떤 기술자도 흑해 밑으로 기차가 통과하도록 터널을 팔 생각을 하지 않았다. 그래서 우리는 먼 길을 돌고 돌아 여러 나라를 거치며 여러 국경을 건너야 했다. 무척이나 위험한 일이었다.

국경을 만든 게 하느님인지 알라신인지 누구인지는 모르겠지만, 아주 몹쓸 생각인 것 같았다.

국경에 다다르면, 규격에 맞게 만들어 사진을 붙인 공식 여권이 있더라도 무조건 트럭에서 내려야 했다. 전쟁이 그렇게 만들었다. 검문소! 철조망! 사냥개! 카메라! 굶주린 난민들을 실은 트럭은 국경을 넘을 수 없다! 자, 다들 내리세요! 더이상 가지 않습니다! 자신의 운을 시험해보고 싶은 사람들은 이 남자를 따라가세요. 인근을 샅샅이 알고 있으니 가이드가 되어줄 거예요!

"그다음에는요?"

"국경 반대편에서 다른 트럭이 기다리고 있을 겁니다. 모든 게 예정대로 진행됩니다! 얼른 내리세요, 얼른!"

다른 선택의 여지가 없었던 우리는 트럭에서 내렸다. '이 남자'는 전부 달러로 지불해야 한다며 통행료를 요구했고, 잠시 후 우리를 숲 속으로 데려갔다.

열댓 명의 난민들은 일렬종대로 늘어선 채, 앞장서 손전등으로 길을 비추는 '이 남자'를 따라갔다. 우리를 둘러싼 어둠이 시커멓고 위협적인 입을 벌리고 있었다. 조금이라도 대열에서 벗어났다간 어둠이 우리를 산 채로 집어삼킬 것 같았다. 그러나 무언가를 간절히 원한다면 고통도 묵묵히 참아내야 하는 법이다. 그래서 나는 발목을 삔 상태에서도 계속 걸었고 두려움과 피곤과 배고픔을 잊으려 애썼다. 그리고 이미 나는 그런 상황에 익숙했다.

비가 내렸다. 진흙이 신발 밑창에 끈끈이처럼 달라붙었다. 공중목욕탕에서 몸을 깨끗하게 씻어봐야 쓸데없는 짓이었다. 검문소를 통과할 때마다 결국 이렇게 숲 속을 헤매며 더러워져야 하니까.

"이런, 이런! 이제 불평은 그만하시죠, 블레즈 씨. 그리고 조용히 걸어가세요, 오케?"

나는 자유를 얻기가 이렇게 힘들 줄은 상상도 못 했다. 더군다나 등에 짊어진 군장과 습기 때문에 글로리아는 다시 기침을 시작했다. 글로리아 가슴 속에 숨어 사는 무시무시한 개가 짖어대는 소리를 듣고 있으면 마음이 너무 아팠다.

"프랑스에 가면 잘 고치는 의사들이 있을까?"

글로리아는 호흡을 가다듬고 두 손을 허리춤에 올렸다.

"의사는 필요 없어. 그냥 단지…… 기침이 심할…… 뿐이니까."

우리는 나무를 헤치며 몇 시간이고 걷고 또 걸었다. 돌멩이나 썩은 나뭇가지, 그리고 뭔지 모를 것들에 발이 미끄러지고 구르기도 했다. 나는 용기를 잃지 않기 위해 계속 실용 프랑스어 회화 문장을 중얼거렸다. 봉주르주부드레윈샹브르(안녕하세요. 방 하나 있습니까). 우퓌주트루베윙봉레스토랑? 파르동 므시외주부드레알레아라투르에펠……

한참 뒤, 우리는 어떤 마을의 경계에 이르렀고 '이 남자'는 우리에게 헛간에 숨어 기다리라고 했다. 우리 일행은 추위를 견디기 위해 다닥다닥 붙어 앉았고, 그 덕에 나는 잠이 들었다.

다시 눈을 떴을 때는 날이 밝아 있었다. 글로리아는 다른 난민들과 이제 어떻게 해야 할지 이야기를 나누고 있었다. 계속 기다려야 하나? 그냥 떠나야 하나? '이 남자'는 어디에 있냐고 물었더니 사라져버렸다고 했다. 우리가 건넨 달러를 고스란히 챙겨 약속도 지키지 않고 줄행랑을 쳤다는 것이다. 비열한 인간이었다는 것뿐, 더이상 말할 것도 없었다. 그래서 우리끼리 헤쳐나갈 방법을 찾아야 했다.

우리는 피곤한 눈으로 헛간에서 나와 바람 빠진 타이어와 빈 휘발유통들이 즐비한 길을 따라 마을로 향했다. 첫번째로 마주친 생명체는 우리에게 다가와 킁킁거리던 누런 강아지 한 마리였다. 우리가 마을로 들어서자 문이 열리기 시작했다. 아이들이 가장 먼저 보였고 그다음으로 여자들, 그리고 노인들이 얼굴을 내밀었다. 그들은 아무 말 없이 마치 화성에서 뚝 떨어진 사람들을 보듯 우리를 지켜보았다.

길 끝에 다다르자 남자들이 모여 서 있었다. 얼굴들이 밀랍처럼 창백했다. 남자들은 꽁초를 피우며 침을 뱉었고 그중 한 사람은 겨드랑이에 총을 끼고 있었다. 순간, 기도를 올리던 양탄자 위에서 파티마의 아버지를 죽였다는 칼라시니코프 소총 생각이 나서 기분이 오싹해졌다.

"난민들, 맞소?" 우리가 근처로 다가가자 총을 든 남자가 물었다. "어디서들 오셨소?"

우리는 수후미, 폭동, 트럭, 숲 속의 행군 이야기와 달러만 챙겨 슬그머니 사라져버린 '이 남자' 이야기를 해주었다.

"밀입국 브로커들 소행이군. 그 인간들을 믿어선 안 되지." 총을 든 남자가 한숨을 쉬었다. "남의 불행을 이용해먹는 놈들이거든! 당신네 같은 일행이 한 달도 안 돼서 벌써 세번째요!"

모여 있던 사람들이 모두 숙연하게 고개를 끄덕였고, 나는 더 이상 총이 무섭지 않았다. 그들이 단지 삶의 우여곡절에 맞춰 사는 가난한 농부들일 뿐이라는 걸 깨달았기 때문이다.

"큰 도움은 안 되겠지만 일단 따라들 오시오."

마을 사람들은 우리를 커다란 막사 입구로 안내했다. 우리는 무리를 지어 안으로 들어갔다. 안은 따뜻했고 벽에선 베르가모트 향이 풍겼다. 구석에는 텔레비전 한 대가 켜 있었다.

할머니 한 분이 우리에게 여기저기 보이는 궤 위에 앉으라고 손짓했다. 그러고는 작은 유리 장식 컵에 차를 따라주고 김이 모락모락 나는 전병과 삶은 양배추 요리를 내왔다. 지상 최고의 성찬이었다.

"거봐." 글로리아가 웃으며 말했다. "인간에 대해 절망해선 안 돼. 한 사람이 널 쓰러지게 해도 열 명이 널 도와 일으켜 세울 거야. 알겠지?"

"네."

순간 텔레비전 화면에 수후미 항구의 모습이 나타났다. 군인 무리와 탱크, 비행기, 화염에 휩싸인 가택들이 보였다. 우리는 음식을 먹다 말았고, 할머니는 우리가 전쟁 소식을 더 자세히 들을 수 있도록 텔레비전 볼륨을 높였다. 나는 도망치는 난민들 틈에서 파티마와 누르 아줌마를 찾을 수 있길 바라며 텔레비전 화면을 유심히 살폈지만 모든 게 너무 빨리 지나갔다. 맨 마지막에는 전투복을 입은 어떤 남자가 카메라 앞에 나타났다.

순간 글로리아가 벌떡 일어났다. 그 바람에 찻잔이 떨어져 쨍그랑 소리와 함께 깨져버렸다.

"왜 그래?"

글로리아는 아무 대답도 하지 않았다. 그저 부르르 떨고 있었다.

글로리아는 텔레비전 앞으로 다가갔다. 전투복을 입은 남자가 어른들의 단어를 써가며 마이크에 대고 말을 하고 있었다. 내가 본 건 화면 아래 적힌 남자의 이름이 전부였다. 젬젬 다바이에프. 글로리아의 안색은 창백했고, 굵은 눈물이 뺨을 타고 흘러내리고 있었다.

나는 글로리아에게 다가갔다. 그리고 손을 잡았다. 글로리아의 손이 그렇게 차가웠던 적은 한 번도 없었다!

"엄마?"

글로리아는 내게 몸을 기대더니 작은 목소리로 "쿠마일" 하고 부르고는 그대로 막사 바닥에 쓰러지고 말았다.

# 23

열한 살이 다 되면 세상엔 이해할 수 없는 것들이 많아진다. 특히 사랑, 전쟁, 독립주의자, 국가 간의 전략적 쟁점, 그리고 젬젬 다바이에프라는 사람이 그랬다. 이 모든 것 때문에 글로리아가 쓰러졌던 것이다. 하지만 더이상의 설명은 들을 수 없었다.

"나중에 더 크면 모르겠지만 지금은 때가 아니에요, 블레즈 씨…… 지금은……"

지금은 무슨 수를 써서든 여정을 이어가는 일이 급선무니까 젬젬에 대해 더이상 물어봤다가는 글로리아가 내 목을 조를지도 몰랐다.

"오케."

우리는 총을 든 남자가 끄는 마차를 타고 마을을 벗어났다. 남자는 마치 산 옆구리를 도끼로 깎아놓은 듯한 어두운 계곡 깊은 곳까지 우리를 데려갔다. 그렇게 우리는 진짜 러시아 땅을 밟게 되었다. 남자는 작별 인사를 하고 자기 마을로 돌아갔고, 우리 난민 일행은 각자의 운명을 따라 뿔뿔이 흩어졌다. 인샬라.

글로리아와 나는 계속 걸었다. 운이 좋을 때면 자동차를 얻어 타기도 했다. 트럭, 찌그러진 자동차, 끝없는 도로, 강, 늪지……

우리는 썩 안락하지 않은 즉석 잠자리에서 밤을 보냈다. 나는 자주 추위에 떨었다. 그러면 아라비아의 모래 언덕에 서 있는 파티마의 꿈을 꾸었고, 몸이 따뜻해지는 것 같았다.

결국 러시아에 대해 내가 들려줄 수 있는 이야기는, 수력발전용 댐은 많이 보았지만 사람은 그리 많이 볼 수 없었다는 것뿐이었다.

우크라이나 국경에 도착해보니 이번에는 철조망이 없었다. 무장한 군인과 개들뿐이었다. 글로리아는 반쯤 빈 관광버스 운전사와 협상을 했다. 우리는 마지막 달러 뭉치를 운전사에게 건네고, 목에 사진기를 걸고 앉아 꾸벅꾸벅 졸고 있는 관광객들 사이에 합류할 수 있었다. 전쟁과 폭격을 목격한 우리로서는 관광객이 있다는 게 이상하기만 했다. 사진 같은 건 다른 데 가서 찍는 게 나을 것 같았다.

"하 아저씨가 제대로 솜씨를 발휘했는지 한번 볼까?" 내 여권을 건네주면서 글로리아가 속삭였다.

나는 여권을 넘겨 내 사진을 유심히 살펴보았다. 잘 빗은 머리에 벼룩도 이도 없는 단정한 파리 꼬마의 모습이었다. 이상한 점이라곤 찾아볼 수 없다고 확신했지만 국경 수비대가 검문을 시작하자 심장이 두근거렸다.

정규 복장을 갖춘 국경 수비대원은 체구가 건장했다. 황소처럼 목이 두둑하고 눈망울은 송아지 같은 게 어렴풋이 스탐벡을 닮은 듯했다. 어딘가에서 지능을 잃어버린 것까지 닮은 모양이었다. 우리에겐 행운이었다.

"프랑스인입니까?" 군인이 러시아어로 물었다.

우리는 자신 있게 고개를 끄덕였지만 국경 수비대원은 하 아저씨가 찍어준 스탬프를 보며 미심쩍은 표정을 지었다. 그래서 나는 글로리아 쪽으로 몸을 기대고 카탈로그에 나와 있는 실용 프랑스어 회화들을 되는대로 주절거렸다. 엉망진창 아무 뜻도 없었지만 수비대원은 프랑스어를 알지 못했다. 아마 에펠탑이나 수아송의 화병* 같은 게 세상에 존재하는지도 몰랐을 것이다! 수비대원은 송아지 같은 눈으로 나를 스윽 보더니 잇달아 글로리아를, 그러고는 다시 나를 쳐다보았다.그리고 마침내 우리 여권을 덮으며 말했다.

"우크라이나에 오신 걸 환영합니다."

우리는 관광버스가 바리케이드를 통과하고 조금 속력을 내기 시작할 때까지 숨을 꾹 참고 있었다.

"세상에!" 글로리아가 감탄하며 말했다. "걸어다니는 사전이 여기 계셨군요, 블레즈 씨!"

나는 내가 주절거린 말도 안 되는 문장들을 생각하며 웃었지만, 글로리아는 내 엄청난 언어 실력에 정말로 놀란 표정이었다. 나는 조금 더 놀려주려고 이렇게 말했다.

"혹시 열차 사고 이후에도 내 기억 속 깊숙한 곳에 프랑스어가 조금 남아 있는 게 아닐까? 아니면 나도 모르게 옛날 일들을 조금 기억하고 있거나?"

"그럴지도 모르지…… 아무튼 네 엄마가 봤으면 정말 자랑스러워했을 거야."

나는 글로리아의 어깨에 머리를 기대고 눈을 감았다. 혹시 열

---

* 프랑크 왕국의 국왕 클로비스는 수아송 전투에서 어떤 교회의 화병 하나를 전리품으로 획득한다. 교회의 주교가 그 화병을 돌려달라고 요구했는데, 부하 하나가 일부러 그 화병을 도끼로 깨뜨린다. 훗날 국왕은 그 죄를 물어 자신의 부하를 도끼로 죽이게 된다. 장차 클로비스가 가톨릭으로 개종하게 됨을 암시하는 일화이다.

심히 찾아보면 수많은 기억들 속에 파묻혀 있는 엄마의 얼굴이 떠오르지 않을까? 머릿속을 파 들어가다보면 목소리가 기억나지 않을까?

"아빠 말이야, 글로리아는 내가 아빠를 알고 있다고 생각해? 우리 아빠도 그 끔찍한 사고가 나기 전에는 나를 안아주고 그랬을까?"

깜짝 놀란 듯 글로리아의 어깨가 떨렸다.

"그럼, 아마 그랬을 거야."

"그렇게 생각만 할 뿐이지, 사실 아는 건 하나도 없잖아."

"아는 게 없으면 상상하면 되지요, 블레즈 씨. 아무것도 없는 것보다는 나으니까요, 오케?"

내 과거는 온통 수수께끼투성이였다. 미래까지 불확실했다. 그 생각만 하면 머리가 어지러워져 차라리 생각하지 않는 편이 나았다. 그래서 나는 관광버스가 오데사 대로를 달리는 동안 프랑스까지 남은 국경 수나 세어보았다. 적어도 여섯 개. 긴 여정이 될 것이다. 하지만 중요한 건 앞으로 나아가고 있다는 거잖아. 안 그래?

# 24

오데사 역의 조차장에 도착한 우리는 가축 운반차 구석에서 잠을 잤다. 바닥도 딱딱하고 소 오줌 냄새도 났지만 나는 마타신의 천창 아래에 파티마와 나란히 누워 항상 그 자리를 지키는 별들을 바라보는 상상을 했다.

그날 밤, 누군가 우리 라디오와 사모바르를 훔쳐 갔다. 우크라이나 도둑들은 아주아주 은밀히 움직였다. 나는 너무 우울해져서 더이상 아무런 용기가 나지 않았다. 하지만 글로리아는 달랐다.

"이런, 이런! 이제 군장이 덜 무거워졌잖아. 달리 보면 도둑들이 내 일을 덜어준 것 같은데!"

# 25

유감스럽게도, 어떤 날에는 글로리아의 눈에도 어두운 그림자가 스쳤다. 슬픔이라는 녀석의 소행이었다. 숨기는 것뿐이지, 나는 글로리아가 젬젬을, 다섯 형제들을, 리우바 할머니를, 그리고 어린 시절을 보낸 과수원의 싱싱한 과일들을 떠올리고 있다는 걸 알 수 있었다. 하지만 내게는 글로리아를 위로할 수 있는 약이 없었다. 그저 투덜거리지 않고 묵묵히 길을 가는 것과 카탈로그에서 외운 샤를 보들레르의 시구절을 가끔씩 읊조리는 게 다였다. 옴리브르투주르튀셰리라라메르!*

* '자유인이여, 그대는 언제나 바다를 사랑하리'라는 뜻으로, 보들레르의 시 「인간과 바다」의 한 구절.

# 26

우리는 그렇게 몰도바에 도착했다. 밀알이 금빛으로 물들기 시작하는 평원 복판이었다. 글로리아와 나는 이틀 전부터 아무것도 먹지 못한 상태였다.

우리는 농가 한 채를 발견했다. 나는 달걀을 훔치려고 까치발을 하고 닭장 안으로 숨어들었다. 그리고 달걀 네 개를 들고 나왔다.

갑자기 농장 주인이 나타났다. 남자는 몰도바 말로 고래고래 고함을 질렀다. 나는 수풀 속에 숨어 기다리고 있던 글로리아를 향해 있는 힘껏 달렸다. 하지만 나를 쫓아오던 농장 주인은 다리도 길고 쇠스랑까지 들고 있어서 결국 덜미를 붙잡히고 말았다. 그래서 미끄러지며 넘어졌다. 달걀은 바닥에 떨어져 박살이

났다.

농장 주인이 나를 마구 흔들며 쇠스랑으로 찔러댔지만 나는 그런 것에는 아랑곳도 하지 않았다. 내 눈에는 그저 산산이 깨져버린 달걀만 보일 뿐이었다. 우리의 초라한 저녁식사는 그렇게 풀밭 위에 퍼져버리고 만 것이다.

남자는 경찰을 부르겠다고 협박했다. 몰도바 말을 몰라도 그건 알 수 있었다.

나는 애원하며 눈물을 흘렸고, 벗어나기 위해 몸부림쳤다.

숨어 있던 글로리아가 모습을 드러냈다. 창백한 낯빛, 깡마른 다리에는 힘이 없었다. 글로리아는 농장 주인에게 다가와 죽을 때까지 잊지 못할 만큼 세게 양 따귀를 후려쳤다.

농장 주인은 깜짝 놀라 나를 잡고 있던 손을 놓아버렸다.

글로리아는 어린아이를 그렇게 거칠게 다루다니 수치스러운 줄 알라고 소리쳤다. 그렇게 사느니 목매달아 죽는 게 나아, 이 욕심쟁이 영감탱이야!

어처구니없어 하는 농장 주인의 얼굴을 보자 웃음이 터져나왔다.

뛰어! 우리는 밭을 가로질러 재빨리 도망쳤다. 배 속은 텅 비었지만 우리는 당당했고 여전히 자유로웠다. 세상에 글로리아 보엠을 막을 자는 아무도 없었다!

# 27

우리는 급류가 흐르는 곳에서 잠깐 쉬어 가기로 했다. 나는 채 익지도 않은 나무 열매를 풀숲에서 따 모았다. 그게 우리의 유일한 식사였다.

밤이 내리자 우리는 나무 아래에 자리를 잡고 앉았다. 나는 글로리아에게 내 이야기를 들려달라고 했다.

"또?"

"응, 한 번 더! 하나도 빠뜨리지 말고!"

나는 글로리아의 가슴에 머리를 기댔다. 목덜미 아래로 갈비뼈가 불거져나온 게 느껴졌다. 글로리아는 양털 담요로 나를 꽁꽁 감싸고는 한숨을 내쉬었다.

"여름이 끝나갈 무렵이었어. 나는 우리 아빠, 바실리 할아버지네 집에 살고 있었지. 나한테 사모바르를 선물로 주신……"

"……우크라이나 도둑들이 훔쳐간!"

"그 생각은 더이상 하지 말자, 쿠마일. 그 시절 바실리 할아버지네는 캅카스 지역에서 가장 아름다운 과수원이 있었어. 엄청나게 넓은 땅에 사과나무, 배나무, 복숭아나무, 살구나무가 가득했거든. 과수원 한쪽에는 강이 흘렀고, 다른 한쪽에는 기찻길이 있었어……"

나는 고개를 들고 젬젬이 아랍어로 무슨 뜻인지 아느냐고 물었다. 글로리아는 깜짝 놀랐다.

"네가 그 뜻을 안다는 거니?"

"'졸졸 흐르는 물소리'라는 뜻이야. 파티마가 가르쳐줬어. 아름답지 않아?"

글로리아는 아무 말도 하지 않았다. 우리는 한참 동안 어둠 속에 흘러가는 급류 소리에 귀를 기울였다. 나뭇가지 사이로 별들이 모습을 드러냈다. 나무 열매의 신맛이 입속에 맴돌았고, 생각들이 머릿속을 방황했다.

"젬젬은 아주 대단한 사람이 된 거야? 텔레비전에 나와서 말도 하고. 텔레비전엔 대단한 사람들만 나오는 거잖아."

"글쎄……"

글로리아의 목소리는 바람 앞의 촛불처럼 잦아들었다. 고집을 피워봤자 소용없었다. 글로리아는 더이상 이야기할 힘이 없어 보였다. 나는 눈을 감았다. 어둠과 미지에 대한 두려움을 덜기 위해 나는 내 마음속 환영들을 불러냈다. 멋진 콧수염을 기른 바실리 할아버지, 운동선수처럼 어깨가 떡 벌어진 포티아와 올레그, 두꺼운 안경알 뒤로 사팔눈을 만드는 아나톨리, 머리카락이 양털보다 더 곱슬곱슬한 이에프렘, 천사 같은 미소를 짓는 도브로미르, 그리고 치렁치렁한 검은 머리를 휘날리며 노래를 부르는 리우바 할머니까지. 내 꿈속에서 그들은 찬란한 한 가족이 되어 나를 감싸는 둥근 보호막을 형성하고 있었다. 내가 어딜 가든 그들은 항상 내 곁에 있을 것이었다. 수수께끼에 싸인 전투복 차림의 젬젬도 마찬가지였다.

나는 글로리아의 손을 꼭 잡고 잠을 청했다. 제대로 익지 않은 나무 열매 때문에 배가 아팠다.

## 28

루마니아에 도착했을 무렵, 글로리아에게 살이라곤 남아 있지 않았다. 게다가 머리털이 곤두설 정도로 끔찍한 기침 발작을 일으켰다. 계속해서 자신은 나무처럼 튼튼하다고 했지만 나는 더 이상 그 말을 믿지 않았다. 하지만 불행히도 나는 루마니아 말로 '주쉬말라드주부드레부아르윙메드생'이라는 말을 할 줄 몰랐고, 우리에겐 약값을 낼 돈도 한 푼 없었다.

그래서 글로리아가 벤치에서 쉬는 동안 나는 코페이카 앞에서 배운 방법으로 돈을 벌기로 결심했다. 나는 장이 서는 광장 바닥에 앉아 손을 내밀고 있었다.

그런데 동전 한 푼 챙겨보기도 전에 한 무리의 아이들이 나를 에워쌌다. 말은 몰랐지만 욕은 굳이 통역할 필요가 없었다. 아이들은 내게 자신들의 영역을 침범하지 말고 다른 곳으로 꺼지라고 했다. 그중 한 명은 귀걸이를 하고 가죽 손목 보호대를 차고 있었다. 무리의 대장이었다. 그놈이 다짜고짜 나를 밀쳤다. 자리에서 일어나는데 에밀과 압델말리크가 떠올랐다. "맞서 싸우지 않으면 네가 죽어!" 그래서 나는 한 발로 뛰어올라 얼굴 높이로 주먹을 날렸다. 이얍! 그리고 퍽! 발 차기! 다리에 힘이 빠지고 후들거렸다. 나는 마지막으로 귀걸이 대장의 턱에 완벽한 어퍼컷을 날렸다.

패거리 녀석들이 뒤로 물러섰다. 귀걸이 대장은 바닥에 쓰러져 있었다. 코피가 보이자, 이제 큰일 났구나 싶어 덜컥 겁이 났다. 이제 내가 맞을 차례구나 하고 있는데, 귀걸이 대장은 나를 향해 달려들기는커녕 큰 소리로 웃기 시작했다.

스웨터 소맷자락으로 코피를 닦으며 어찌나 신 나게 웃는지 다른 녀석들도 따라 웃기 시작했다. 나로서는 영문을 알 수가 없었다. 웃음을 그친 귀걸이 대장은 나를 향해 엄지손가락을 올리며 이름을 물었다.

나는 경계를 풀었다. 그리고 잠시 머뭇거리다 대답했다.

"쿠마일."

귀걸이 대장은 자기와 함께 가자고 제안했지만, 나는 벤치에서 잠들어버린 글로리아를 가리켰다. 귀걸이 대장은 눈썹을 치

켜세우며 물었다.

"엄마?"

나는 고개를 끄덕였다.

귀걸이 대장은 무언가를 생각하는 듯하더니 이내 웃음을 지어 보였다. 그러고는 양손으로 음식 먹는 동작을 하면서 완벽한 프랑스어로 "오케, 오케!"라고 반복해서 말했다. 나는 그제야 내게 새 친구가 생겼다는 것을 깨달았다. 그리고 득달같이 뛰어가 글로리아를 깨웠다.

그렇게 해서 우리는 집시촌에 이르게 되었다.

# 29

집시촌은 강기슭을 중심으로 여러 대의 캠핑 트레일러가 모여 형성된 거대한 촌락이었다. 수마술라의 전구 공장이 생각나는 시멘트 공장과 그리 멀지 않은 곳이었다. 개와 돼지, 닭 같은 가축뿐 아니라 찌그러진 자동차, 얽히고설킨 전깃줄, 나무 사이에 널어놓은 빨래도 보였다. 아이들은 뛰어 돌아다녔고, 여자들은 바구니를 엮으며 수다를 떨었다. 삶의 우여곡절을 헤치는 지혜를 터득한 사람들임을 직감적으로 알 수 있었다.

촌장님의 이름은 바빅이었다. 검은 모자를 쓰고 다니고 팔뚝에 여러 개의 문신을 한, 지혜로운 아저씨였다. 태어나면서부터 여행을 무척 많이 다녔기 때문에 세상 모든 말을 할 줄 알았다. 백과사전보다도 더 똑똑했다.

바빅 아저씨는 귀걸이 대장과 함께 우리를 자신의 트레일러로 초대했다. 우리는 긴 의자에 앉았다. 아저씨는 한참 동안 아무 말 없이 우리 둘을 뚫어지게 쳐다보았다. 특히 글로리아가 기침을 할 때마다 눈썹을 찡그렸다. 나는 아저씨가 무얼 기다리고 있는 건지 궁금했다. 나는 뭐라도 해야겠다는 생각에 여권을 꺼내 보여주었다. 그러자 아저씨가 껄껄 웃었다.

"관공서에서나 필요한 그런 건 도로 집어넣어라! 내 관심은 네 영혼의 소리를 듣는 거란다."

"영혼의 소리요?"

"그래."

"하지만…… 그걸 어떻게 들어요?"

바빅 아저씨는 문신한 두 팔로 팔짱을 끼었다.

"노래는 할 줄 아느냐?"

나는 애석한 표정으로 고개를 가로저었다.

"그럼 연주는?"

나는 파티마라는 누나에게 바이올린 연주를 배운 적이 있지만 내가 내는 깽깽이 소리 때문에 사람들이 괴로워했다고 말했다.

"그렇구나……" 바빅 아저씨는 한숨을 내쉬었다. "그러면 이야기는 잘하느냐?"

나는 미소를 띠며 대답했다.

"네, 그건 할 수 있어요!"

"좋아. 그럼 어디 한번 들어보자."

바빅 아저씨 같은 촌장님 앞에서 거짓말이 통할 리 없었다. 뻔히 보였을 것이다. 그래서 나는 블레즈 포르튄, 글로리아 보엠, 잔 포르튄 그리고 급행열차 사고에 대한 진실만을 이야기했다. 그리고 민병대와 천막에 걸려 있던 종, 압델말리크의 죽음, 전쟁, 오염된 호수, 폐 속 깊이 차 들어오던 유리 먼지에 대해서도 이야기했다. 프세즈카야 강변에서 출발해 귀걸이 대장의 코를 뭉갠 마을 광장까지 오게 된 우리의 여정과 그 과정에서 만나고, 사랑하고, 결국 헤어진 사람들에 대한 이야기도 빼놓지 않았다. 할 이야기는 많았고 시간도 오래 걸렸지만, 바빅 아저씨는 한 번도 내 말을 끊지 않았다. 그리고 드디어 내 이야기가 끝나자 이렇게 말했다.

"넌 아름다운 영혼을 가졌구나, 쿠마일. 네 영혼은 용감하면서도 이슬처럼 순수해. 그런데 글로리아의 영혼은 쇠약하고 지쳐 있는 것 같다. 휴식이 필요하겠어."

바빅 아저씨는 귀걸이 대장을 바라보며 집시 말로 무언가 지시를 내렸다. 그러고는 이렇게 덧붙였다.

"두 사람은 앞으로 누카의 트레일러에서 지내도록 해요. 필요한 것이 있으면 언제든 내게 말을 하고."

글로리아는 미소를 지을 힘도 없었지만 안도하는 듯했다. 나는 바빅 아저씨께 연거푸 감사 인사를 했다. 귀걸이 대장은 우리를 누카 아줌마의 트레일러로 데려갔다. 집시촌의 가장 안쪽 구석에 있었는데 그 위로 수양버들이 늘어져 있었다.

누카 아줌마는 키가 작았다. 늙지도 젊지도 않았고 머릿수건 아래로 붉은색 머리가 흘러내려 있었다. 누카 아줌마는 글로리아를 고양이 털이 잔뜩 묻은 해진 벨벳 소파 위에 눕혔다.

누카 아줌마의 손에는 아라베스크 장식무늬가 그려져 있었다. 아줌마 역시 바빅 아저씨만큼 러시아어를 잘했다. 옛날에는 바빅 아저씨의 부인이었지만 지금은 아니라고 했다. 난 그 누구의 여자도 아니야, 자유로우니까.

누카 아줌마는 러시아 말 외에도 나무나 구름, 곤충과 땅의 언어도 구사할 수 있다고 했다. 아무것도 낯설지 않다고 했다. 심지어 우리의 머릿속을 떠나지 않는 은밀한 비밀까지도 알 수 있다고 했다. 글로리아의 영혼에 대해서 내가 굳이 설명할 필요는 없었다. 손으로 글로리아의 이마와 목, 가슴을 짚어보더니 잠시 후 귀걸이 대장과 내게 단호한 목소리로 말했다.

"너희들은 나가 있거라. 나는 여기 이 여자분을 돌봐드려야 할 것 같으니."

다들 느끼겠지만, 나는 살면서 적지 않은 행운을 누렸다. 하지만 바로 그날 수양버들 아래 있던 누카 아줌마의 트레일러에 가게 된 것은 정말 특별한 행운이었다. 만약 내가 압델말리크에게 격투기를 배우지 않았더라면 귀걸이 대장의 얼굴을 박살 낼 수 없었을 것이다. 그랬다면 누카 아줌마를 만날 수 없었을 것이다. 누카 아줌마를 만나지 못했더라면 오래지 않아 글로리아는 죽었을 것이다.

그리고 만약 그랬다면 나도 그 옆에서 그냥 죽어갔을 것이다. 틀림없이.

# 30

집시촌의 생활은 난민들이 모여 살던 건물에서의 생활과 비슷했다. 외풍이 심했고, 이것저것 가능한 대로 불을 피워 몸을 녹였으며, 여자들은 대야에서 빨래를 했고, 사람들은 경찰을 경계했고, 강물의 수위를 살폈다. 무엇보다 나는 다시 뛰어놀 수 있게 되었다.

내 가장 친한 친구는 귀걸이 대장이었지만 안젤로, 티티, 사라, 판츠, 그리고 나노슈도 있었다. 나는 아이들한테서 낚시하는 법, 토끼 덫 놓는 법, 춤추는 법, 노래하는 법, 집시 언어로 말하는 법을 배웠다. 구걸하기 가장 좋은 장소와 공장 벽을 타고 올라가 시멘트 포대를 훔치는 방법도 알게 되었다. 바빅 아저씨에게 그 포대를 가져다주면 아저씨는 그걸로 집시촌에 필요한 물건들을 구해왔다.

저녁이 되면 남자들은 큰 불을 피웠다. 그리고 몇 시간이고 계속해서 아코디언과 기타, 바이올린을 연주했다. 너울거리는 불길을 앞에 둔 그 모습은 마치 그림자 연극의 한 장면 같았다. 나는 바닥에 앉아 꼼짝도 하지 않고 음악에 귀를 기울였다. 집시들의 음악을 듣고 있으면 나는 살고 싶기도 하고 죽고 싶기도 했다. 마치 낚싯바늘로 내 심장을 꿰어내는 듯한 기분이었다.

"우는 거야?" 귀걸이 대장이 내게 말을 걸었다.

"아니야!" 나는 얼른 눈물을 훔쳤다.

어둠이 내리면 누카 아줌마의 트레일러 안은 완전히 고요해졌다. 나는 한구석에서 나에게 이를 옮기는 늙은 고양이와 함께 잤다. 글로리아는 벨벳 소파에 누워 내내 병마와 싸우고 있었다.

누카 아줌마는 글로리아의 병을 낫게 할 치료약을 알고 있었다. 아줌마는 숲 속 깊은 곳에서 약초를 캐 와서는 냄비에 넣고 달였다. 그 냄새를 맡자 수키와 마야가 나를 간호해주던 시절이 떠올랐다. 내가 다 나았으니까 글로리아도 꼭 나을 거야.

나는 글로리아에게 말했다.

"글로리아의 영혼은 푹 쉬어, 알았지? 힘을 내야 해! 내 걱정은 하지 말고, 나는 아주 잘 지내고 있으니까. 바빅 아저씨는 좋은 분이잖아."

글로리아는 눈웃음으로 대답을 대신했다.

입을 열고 말을 할 기력도 없었다.

그저 가끔씩 내 손을 잡고 꼭 쥐어보는 게 다였다.

# 31

여름이 왔다. 나는 강가에서 물놀이를 했고 귀걸이 대장은 내게 잠수하는 법을 가르쳐주었다. 우리가 여자아이들에게 물을 튀기며 장난을 치면 여자아이들은 새들이 지저귀는 소리처럼 날카로운 비명을 질렀다. 나는 강바닥으로 잠수해 숨이 막힐 때까지 나오지 않았다.

죽는 게 두렵지 않았다.

가끔 귀걸이 대장이 "쉿!" 하고 신호를 보내면 우리는 갈대밭까지 까치발로 살금살금 걸어갔다. 갈대밭의 평평한 바위 위에서 여자아이들이 일광욕을 하고 있었다. 마치 사냥에라도 나선 듯 갈대밭 속에 잘 숨어 있다 보면 운이 좋은 경우 여자아이 하나가 수영복 윗도리를 벗기도 했다.

그런 구경을 하고 트레일러로 돌아올 때면 나는 묘한 기분이 들었고 귀걸이 대장은 한 마디도 하지 않았다.

8월의 어느 날, 집시촌에 아기가 태어났다. 우리 모두에게 매우 감동적인 순간이었다. 작은 소리도 들리지 않는 정적 속에 누카 아줌마는 아기가 자고 있는 요람으로 다가갔다. 그리고 너무도 작은 아이의 손바닥을 유심히 관찰하더니 큰 소리로 외쳤다.

"미래가 밝아요! 이 아이는 백 살까지 살 거예요!"

환호성이 울려 퍼졌고 우리는 아이의 탄생을 축하하며 새벽까지 춤을 추었다.

다음 날, 나는 누카 아줌마에게 글로리아의 손바닥도 봐달라고 부탁했다. 아줌마는 몸을 숙여 손을 살펴보더니 글로리아의 귀에 대고 무언가를 속삭였다.

나는 두근거리는 마음으로 소파에 기대고 앉아 누카 아줌마가 자리를 비워주기만을 기다렸다. 그러고는 물었다.

"뭐래?"

글로리아는 내 머리를 쓰다듬으며 대답했다.

"우리 미래는 밝대, 쿠마일. 나도 오래 살 거라더라."

"백 살까지?"

"네가 날 필요로 하는 그날까지."

나는 마음이 놓여 미소를 지었다.

"난 언제까지나 글로리아가 필요해!"

"이런, 이런."

글로리아는 내 볼에 입을 맞춰주고는 나가 놀라고 했다. 나는 강가에 있는 귀걸이 대장에게 달려갔다. 야호, 미래는 밝다! 어린아이에 불과했던 나의 순진함은 걱정거리들을 물리치는 견고한 성벽을 만들어주었다.

하지만 여름도 끝이 있는 법.

# 32

가을이 되었다. 첫 추위는 트레일러 바퀴 사이에 팬 웅덩이를 얼어붙게 만들었고, 그 때문에 빨래도 안에 널어야 했다. 곧 눈이 내릴 듯했다.

글로리아의 상태는 날로 좋아졌다. 기력을 되찾기 시작했고, 가슴 속의 개도 더이상 사납게 짖지 않았다. 누카 아줌마도 더이상 약초를 캐러 숲에 들어갈 필요가 없었다.

"글로리아의 영혼은 아직 약해. 하지만 다시 길을 떠날 수는 있을 거야." 누카 아줌마가 확신했다.

집시촌 사람들 모두가 떠날 채비를 했다. 집시들은 결코 한곳에 오래 머무르지 않았다. 태양과 행운을 따라 대지 위를 방랑했다. 그것이 운명이라고 했다.

"남쪽으로 가는 거야!" 귀걸이 대장은 낚시 장비를 챙기며 한숨 쉬듯 말했다.

나도 한숨이 나왔다. 남쪽으로 간다는 건 우리가 곧 헤어지게 될 거라는 의미였다. 그리고 예전처럼 시련을 이겨내기 위해 강해져야 한다는 의미이기도 했고.

귀걸이 대장은 토끼 덫을 찾으러 마지막으로 나를 들판으로 데려갔다. 올가미를 하나씩 회수하는데, 마지막 올가미에 담비 새끼 한 마리가 걸려 있었다. 탈진으로 이미 죽은 상태였다.

귀걸이 대장은 덫을 풀며 내게 말했다.

"몸 조심해, 쿠마일, 형제 같은 내 친구야. 네가 가려는 서쪽에는 인간을 잡는 덫이 많거든. 거기에 걸려들면 사람들은 널 철창에 가둘 거고, 결국 넌 죽게 될 거야. 이렇게 말이야."

귀걸이 대장은 죽은 담비를 풀이 우거진 곳에 내려놓았다. 우리는 아무 말 없이, 그저 나란히 서 있었다.

떠나는 날, 나는 군장에서 올레그의 바이올린을 꺼내 들고 바빅 아저씨를 찾아갔다.

"줄은 좀 이상하지만 그래도 아저씨는 연주할 수 있죠?"

바빅 아저씨는 바이올린의 나무 몸통을 어루만졌다. 그러고는 줄을 튕겼다.

"값진 선물이구나, 쿠마일. 이 바이올린을 켤 때마다 너를 생각하마. 그러면 네 영혼의 소리를 계속 들을 수 있을 거야."

가슴이 뭉클해졌다. 갑자기 파티마 생각이 났기 때문이다.

"언젠가 아름다운 소녀가 이 바이올린 소리를 듣기 위해 가까이 다가오면, 그리고 그 소녀가 두 눈을 감고 있고 이 세상 누구보다 노래를 잘 부른다면, 쿠마일이 아직도 잊지 않고 있다고 꼭 전해주세요. 아셨죠?"

바빅 아저씨는 미소를 지으며 꼭 그러겠다고 약속했다. 나는 따끔거리는 아저씨의 볼에 입을 맞추었다. 그리고 울지 않으려고 황급히 자리를 떠났다.

잠시 후, 트레일러들이 제각각 자동차에 연결되었고, 행렬이 시작되었다. 판츠, 티티, 사라, 안젤로, 그리고 나노슈는 나를 보기 위해 창문에 달라붙어 있었다. 글로리아와 나는 손을 흔들었다. 귀걸이 대장은 어디에도 보이지 않았다. 차라리 그편이 나았다.

우리도 서쪽을 향해 떠날 준비를 서둘렀다. 또다시 우리의 일부를 길가에 버리고 떠나야 한다고 생각하니 목이 메어왔다. 나는 속으로 나 자신을 달랬다. '향수병에 젖을 필요도, 우울해할 필요도 없어, 안 되지! 곧장 앞만 봐, 쿠마일, 미래는 밝아!' 그러고는 내게 남은 모든 희망을 끌어모아 눈 덮인 에펠탑과 몽생미셸의 금빛 천사 곁에서 나를 기다리고 있는 엄마의 모습을 그려 보았다.

가파른 언덕길 아래에 이르자, 문득 내가 글로리아보다 훨씬 빨리 걷고 있다는 사실을 깨달았다. 나는 뒤를 돌아보며 말했다.

"군장은 이제 무겁지도 않고 나도 많이 컸어. 내가 지고 갈게!"

"이런, 이런! 정말?"

나는 튼튼해진 두 팔과 몇 센티미터는 더 자란 두 다리를 보여 주었다. 글로리아는 눈을 동그랗게 뜨며 말했다.

"세상에! 정말이네!"

글로리아는 주저하지 않고 군장을 바닥에 내려놓았다.

나는 내 어깨에 그 짐을 짊어진다는 사실이 자랑스러웠다! 그리고 더더욱 열의에 찬 목소리로 힘차게 말했다.

"조금만 더 있으면 나도 포티아나 올레그만큼 강해질 거야!"

"바실리 할아버지처럼 긴 콧수염도 날 거고!" 글로리아가 웃으며 말했다.

나도 따라 웃었다. 내 볼에 따가운 수염이 난다는 게 상상이 되지 않았기 때문이다.

"엄마가 나를 알아볼까?"

"세상 모든 엄마는 언제든 자기 아들을 알아볼 수 있어, 쿠마일."

나는 힘차게 언덕길을 올랐다. 언덕 꼭대기에 다다르자 한 가지 걱정거리가 생겼다. 나는 글로리아를 기다렸다가 손을 꼭 잡으며 말했다.

"내가 어른이 돼도 내게는 언제나 글로리아가 필요해, 알지?"

글로리아는 아무 대답도 하지 않았다. 마치 산소를 아끼려는 듯 천천히 숨을 쉬며 걷기만 했다. 나는 누카 아줌마의 예언이 틀리지 않기만을 바랐다.

"사람에게 필요한 건 말이지, 삶을 누릴 수 있는 안락한 장소야, 쿠마일. 어서 프랑스에 대해서 아는 거나 더 말해봐."

나는 글로리아의 보폭에 맞춰 길을 걸었다. 그리고 이야기를 하고, 하고, 또 했다. 단어 하나하나가 지평선 너머에 경이로운 세상을 만들어냈다.

# 33

유년기의 마지막 기억은 내 생애 가장 끔찍한 기억이기도 하다. 잊고 싶었고, 정원에서 잡초를 뽑아내듯 기억 속에서 지워버리고 싶었지만 불가능했다.

그 일은 내 초록색 지도책 47페이지에 나오는 헝가리 국경 근처에서 일어났다. 그리스인 트럭 운전사는 글로리아와 나를 고속도로 인근 대형 주차장에 내려놓고 떠나버렸다. 사전에 협상을 했는데도 말이다. 세관 검사에 걸릴까봐 두려웠던 것이다. 그래서 더이상 커튼으로 가린 간이침대칸에 우리를 숨겨주지 않았고, 우리를 운명에게 내동댕이쳐버렸다. 인샬라.

밤이 내렸고 바람까지 차가웠다. 우리는 추위를 피하기 위해 고속도로 휴게소로 들어갔다.

나는 휴게소가 참 좋았다. 휘황찬란한 불빛에, 누구든 공짜로 화장실을 사용할 수 있고, 수돗물도 마음껏 마실 수 있는 데다 온풍 건조기에 언 손을 녹일 수도 있고 상품 진열대에 놓인 사탕도 구경할 수 있었기 때문이다. 자유민주주의 국가란 바로 그런 것이었다. 누가 들어와도 아무도 따져 묻지 않고, 누구든 조용히 선반 사이를 오가며 물건을 구경할 수 있었다. 피곤하면 플라스틱 의자에 앉아 쉬어도 됐다. 그렇게 해도 아무 상관 없었다.

"여기 앉아봐." 글로리아가 말했다. "움직이지 말고 여기 있어야 해. 없는 사람처럼 있어. 내가 가서 다른 사람하고 한 번 더 협상을 해볼 테니까. 오케?"

"오케."

글로리아는 협상의 여왕 같았다. 우선 상대에게 신뢰감을 주었다. 그러고는 아주 정중하게 말을 건넸다. 그렇게 하면 사람들은 언제나 우리를 도와주었다. 마타신의 맥주병 따는 남자가 그랬고, 짐수레와 자동차, 버스, 트럭 운전사들도 캅카스부터 여기까지 흔쾌히 우리를 태워주었다.

나는 글로리아를 유심히 관찰했다. 글로리아는 트럭 운전사들이 앉아 커피를 마시는 카운터로 다가갔다. 내가 앉은 플라스틱 의자에서는 글로리아가 무슨 말을 하는지 들리지 않았다. 그저 아름답고 믿을 만한 사람처럼 보이기 위해 미소 짓는 모습이 보였다. 트럭 운전사들은 부리부리한 눈을 들어 글로리아를 쳐다보았다. 그러고는 자리를 조금씩 양보했고, 그중 한 사람이 커피를 시켜주었다. 잠시 후 사람들은 모두 껄껄대고 웃으며 즐거워했다. 뜨거운 커피 때문인지 글로리아의 양 볼이 달아올라 있었다.

그들이 한참 이야기를 주고받는 동안 나는 글로리아가 말한 대로 의자 위에서 꼼짝도 하지 않고 유령처럼 가만히 앉아 있었다. 이 생각 저 생각이 머리를 스쳤다. 내가 프랑스에 가면 무얼 할 수 있을지 생각했다. 기름기 좌르르 흐르는 크루아상과 카망베르 치즈도 먹을 수 있겠지. 그런 생각을 한 이유는 당연히 배가 고팠기 때문이다. 나는 글로리아가 서둘러주면 좋겠다고 생각했다. 쓰러지기 일보 직전이었다.

드디어 글로리아가 움직였다. 트럭 운전사 한 명과 팔짱을 끼고는 휴게소 출구를 향해 가고 있었다. 내가 황급히 군장을 집어 들고 따라가려 하자 글로리아가 명령하듯 '아니야. 거기 있어! 금방 올게!'라는 신호를 보냈다.

난감해진 나는 군장을 발밑에 내려놓고 다시 기다리기로 했다. 이제는 분주히 오가는 어른들 틈에 홀로 남겨졌다는 생각이 들어 마음이 불안해졌다. 나는 침착해지자고 마음먹고 군장에서 카탈로그를 꺼냈다.

얼마나 들춰봤는지 책장이 너덜거렸다. 그 덕에 바스티유 함락, 세인트헬레나 섬에서 죽은 나폴레옹, 지하철, 프랑스식 우아함의 상징인 코코 샤넬에 대해 상세한 정보까지 달달 외우고 있었다. '자동 화장실'이라고 불리는 공중 화장실 사용법도 알고 있었고 시트로앵 사의 자동차 모델 2CV는 물론, 백 프랑 지폐에는 외젠 들라크루아의 얼굴이 그려져 있다는 것도 알고 있었다. 라파예트 백화점의 개점 시간과 프랑스 첨단 기술의 꽃인 파리리옹 간 고속철도 TGV의 최고 속도도 알려줄 수 있었다. 심지어 루아르 지역에 있는 고성 목록까지 줄줄 욀 정도였다. 샹보르, 아제르리도, 슈농소, 앙부아즈…… 하지만 글로리아가 이 휴게소에 세상 끝나는 날까지 나를 버려두고 가버린다면 이런 게 다 무슨 소용이람?

도대체 그 트럭 운전사하고 뭘 하고 있는 걸까?

불안감이 견딜 수 없는 지경에 이르던 순간, 글로리아가 문을 열고 나타났다. 혼자였고 숨을 몰아쉬고 있었고 머리가 헝클어져 있었다. 손에는 과자 한 상자가 들려 있었다. 나는 자리에서 벌떡 일어나 말했다.

"날 잊어버린 줄 알았잖아!"

"이런, 이런! 우리 블레즈 씨가 왜 이러실까! 내가 널 절대 잊지 않을 거라는 거 잘 알잖아, 그렇지? 잘 알고 있지?"

글로리아는 내게 과자 상자를 건네주며 다 잘 해결됐다고 했다. 트럭 운전사가 우리를 프랑스까지 데려다주겠다고 약속했다는 것이었다. 우리를 기다리고 있다고.

나는 카탈로그와 과자를 군장 속에 챙겨넣었다. 글로리아가 내 어깨를 꽉 붙잡으며 말했다.

"그런데 문제는 운전칸에 우리 둘이 탈 자리가 없다는 거야."

"그럼 어떻게 해?"

"걱정하지 마. 수를 약간 쓰면 되니까. 일단 내가 먼저 운전사하고 앞에 탈게. 넌 조용히 화물칸에 올라타."

"그렇게 하면 돼?"

"그래. 그게 유일한 방법이야."

글로리아는 떨고 있었다. 뭔가 낌새가 이상했지만 꾸물거릴 때가 아니었다. 글로리아는 불안한 몸짓으로 내가 해야 할 일을 설명해주었다.

"트럭 있는 곳까지 내 뒤에 숨어서 따라와. 운전사한테 들켜선 안 돼. 알아듣겠지?"

"응."

"트럭 화물칸에 몰래 올라탄 다음, 구석자리에 숨어. 프랑스에 도착할 때까지 움직이지 말고. 알아들었지?"

이 협상이 마음에 들진 않았지만 나는 고개를 끄덕였다.

글로리아는 군장에서 우리 엄마 잔 포르튄의 여권을 꺼내고는 나머지 물건을 잘 간수하라고 단단히 일렀다. 혹시 추우면 도브로미르가 준 담요를 둘러. 지루하면 지도책이나 카탈로그를 보고. 오케?

"오케."

글로리아는 단추 달린 내 점퍼 주머니 깊숙이 여권을 찔러넣으며 내 물건들 중 가장 소중한 거니까 잘 간수해야 한다고 몇 번이나 강조했다.

"누가 질문을 하면 뭐라고 대답해야 하는지 알고 있지?"

"진실을 말하면 돼. '내 이름은 블레즈 포르튄이고, 나는 프랑스 공화국 국민입니다.'"

"프랑스어로도 할 수 있지?"

"응! 그런데 글로리아는?"

"난 괜찮을 거야." 글로리아는 윙크를 해 보이며 대답했다. "너도 알다시피 난 언제나 알아서 잘하잖아!"

그러더니 나를 꼭 끌어안았다. 그 순간 마치 한 몸이라도 된 것처럼 내 가슴 속에서 글로리아의 쿵쾅거리는 심장 소리가 들리는 것 같았다. 글로리아는 내 이마와 양 볼에 입을 맞췄다. 평소와 달리 너무 서두르는 모습에 머리가 어질어질했다.

"자, 블레즈 씨, 이제 갈까요! 트럭 운전사한테는 출발하기 전에 화장실에 갔다 온다고 했거든. 대체 뭘 하고 있나 할 거야!"

글로리아는 종종걸음으로 문까지 걸어갔고, 나는 몇 걸음 떨어져서 그 뒤를 쫓아갔다.

우리는 십여 대의 대형 트럭이 서 있는 커다란 주차장을 가로질렀다. 나는 계속 눈으로 글로리아를 좇으며 트럭들의 대열 뒤로, 바퀴들 사이를 교묘히 움직였다. 마침내 글로리아가 스페인 번호판이 달린 커다란 진흙투성이 트럭 옆에 멈춰 섰다. 거기였다.

글로리아는 운전사가 기다리고 있는 운전칸 발치에 섰다. 그리고 내 쪽으로 돌아보았다. 그런 다음 내게 뒤쪽을 가리켰다. 나는 '승리'의 브이 자를 그려 보이며 손짓으로 대답했다. 글로리아도 나처럼 했다. 나는 미소를 짓고는 까치발로 그곳을 향했다.

그런데 화물칸의 잠금장치를 푸는 순간 숨이 턱 막히는 냄새가 목구멍까지 밀려들었다. 가축 수송 차량이었던 것이다. 지지리도 재수가 없다 생각했지만 이것저것 가릴 때가 아니었다.

나는 안으로 숨어들어가 화물칸 철문을 닫았다.

얼마나 캄캄했는지 내 코끝도 보이지 않았다. 그러니 어떤 가축들이 타고 있는지 분간하는 건 불가능했다. 바닥을 긁는 소리, 그르렁거리는 소리, 숨소리만 들릴 뿐이었다. 나는 화물칸 칸막이의 수직 기둥에 머리를 찧으며 더듬더듬 앞으로 나아갔다. 제일 안쪽의 칸막이에 부딪히는 순간 트럭이 움직이기 시작했다.

나는 군장을 내려놓고 덜덜거리는 바닥에 앉았다. 드디어 출발이다! 나는 양털 담요를 두르고 과자 상자를 열었다. 굶주림에 허덕이고 있던 내 위장에게는 최고의 위안이었다. 나는 과자를 한입, 한입 음미하며 먹었다. 깜깜한 곳에 홀로 남은 상황에 악취까지 코를 찌른다면, 아주 사소한 것에서라도 힘을 끌어내야 한다. 그렇지 않으면 결국 무너지게 되고, 그게 바로 절망이라는 것이니까.

트럭의 흔들림이 요람처럼 나를 달래주었고, 나는 글로리아의 말이 맞다고 생각했다. 언제나 믿음을 가져야 해. 집시들처럼, 국경에 상관없이 그냥 자기 길을 가면 되는 거야.

나는 혼자 중얼거렸다. 스물네 시간 후면 프랑스에 도착할 거야! 우리의 마지막 피난처! 인권의 발상, 빅토르 위고와 샤를 보들레르의 나라에!

그래, 스물네 시간 후면 이 여정이 끝나고 멋진 삶이 시작될 거야. 스물네 시간이 지나면 글로리아를 몽마르트르의 한적한 골목길로 데려가야지. 우린 기름기가 좌르르 흐르는 크루아상을 잔뜩 먹고, 샹젤리제 대로를 걸어 내려갈 거야. 그렇게 드디어 자유롭고 행복해지는 거야. 정말로 행복해지는 거야.

## 34

하지만 알다시피 꿈은 대부분 꿈으로 그치고 만다. 난 몽마르트르에 갈 수 없었다. 미로 같은 골목길로 글로리아를 데려가지도 못했다. 샹젤리제 대로를 걸어 내려가지도 않았고 기름기 좌르르 흐르는 크루아상도 우리를 기다리고 있지 않았다.

1997년 12월 13일, 나는 모젤의 사르그민 근처 4번 고속도로에서 대형 트럭을 조사하는 세관 순찰대에 의해 돼지들 틈바구니에서 발견되었다.

세관 순찰대는 마약이나 밀수품 등을 찾고 있었다. 세관원들이 화물칸의 철문을 열고 발견한 것은 바로 나였다. 나는 끔찍한 배설물 냄새도 잊고 군장을 벤 채 잠이 들어 있었다. 선택의 여지가 없으면 최악의 환경에서라도 적응하기 마련이니까.

휴게소를 출발한 후로 물 한 모금 마시지 못했다. 목이 타들어 가는 것 같았고 입술도 바짝 말라버렸다. 트럭 운전사는 놀라움을 감추지 못하고 컵 받침만큼 눈을 크게 뜬 채 스페인어로 마구 욕을 퍼부었다.

세관원들은 스웨터의 목 부분을 잡고 나를 가축 수송 트럭에서 끌어내렸다. 잠이 덜 깬 상태였던지라 미처 군장을 집어들 시간도 없었다.

나는 그렇게 프랑스 땅에 발을 디뎠다.

주위를 두리번거렸지만 글로리아의 모습은 보이지 않았다. 나는 트럭 운전사에게 달려가 글로리아가 어디 있는지 가르쳐달라고 사정했지만 그는 내 말을 알아듣지 못했다. 내 몸에서 나는 심한 악취 때문에 코를 막고 뒤로 물러설 뿐이었다. 세관원들이 운전사를 밀치며 어느 자동차 쪽으로 끌고 갔다.

나는 "글로리아! 글로리아!" 하고 울부짖었지만 아무 대답이 없었다. 고속도로를 달리는 자동차 소리와 바람 소리뿐이었다.

세관원들은 나를 호송 차량으로 데려갔다. 계속해서 "글로리아!" 하고 울부짖으며 발버둥을 쳤기 때문에 세관원들이 결국 내 양 손목에 수갑을 채웠다. 그게 바로 공권력이었다.

세관원들은 나를 강제로 호송차에 태웠다. 문득, 덫에 걸려 죽은 새끼 담비와 귀걸이 대장의 경고가 생각났다. 하지만 너무 늦었다. 나는 이미 인간 잡는 덫에 걸려들고 만 것이다. 철컥. 호송차의 문이 닫혔고 우리는 고속도로를 벗어나 시골 마을을 가로질렀다. 글로리아는 어디 있는 거지? 도대체 어디 있는 거야! 머리는 멍했고 금속 수갑이 살을 에어왔다. 나는 눈물 속에 좌절했다. 오스쿠르에데무아!

잠시 후 나는 딸꾹질을 하며 설명했다.

"내이름은블레즈포르튄이고나는프랑스공화국국민입니다이것은거짓없는진실입니다."

계속 반복했다. 한 번, 두 번, 세 번. 기도하듯, 노래하듯. 하지만 사막에서 고함을 지르는 것보다 훨씬 더 고통스러웠다…… 세관원들은 한숨을 내쉬었다. 골치가 아픈 눈치였다.

나는 무릎에 고개를 파묻었다.

글로리아가 사라져버렸다. 혹시 트럭에서 떨어진 건 아닐까? 어디 숨어 있는 걸까? 혹시 내가 돼지들 틈에서 잠든 동안 끔찍한 일이 벌어졌나?

난 열두 살이었고, 군장은 가축 수송 트럭에 두고 내렸고, 인권과 샤를 보들레르의 나라에서 글로리아 없이 혼자서 모든 일을 헤쳐나가야 할 처지가 되었다.

평생 그때처럼 두려웠던 적은 없었다.

## 35

처음에는 프랑스가 보이지 않았다. 보이는 것이라고는 벽과 문, 철창과 공동 침실 그리고 복도뿐이었다.

사람들이 내게 말을 걸었다. 하지만 한 마디도 알아들을 수 없었다. 먹을 것도 줬지만 조금도 배가 고프지 않았다. 슬픔이 나를 그렇게 만들었다. 나는 그저 눈물을 참는 일로 시간을 보냈다.

나는 글로리아를 기다렸다. 매 순간, 문이 열릴 때마다, 벽 모퉁이를 돌 때마다 글로리아가 나타나길 바랐다. 하지만 그런 일은 일어나지 않았다.

발이 너무 아플 때면 그게 다른 사람의 발이라고 상상하면 된다. 하지만 슬픔이 클 때면 내 가슴 속에서 숨막힐 듯 괴로워하는 게 내 심장이 아니라고 상상하는 게 불가능하다. 그래서 나는 내 영혼을 갉아먹는 절망과 맞서 싸우지 못하고 그저 구석에 웅크리고 앉아 꼼짝도 하지 않았다.

## 36

결국 나는 대기실 같은 곳에서 보호소로 옮겨졌고, 거기에서 모데스테 쿨레비치 아저씨를 만났다.

아저씨는 하얀 머리에 정장 차림이었고 나비넥타이 위로 물렁한 턱살이 주름져 있었다. 그 모습이 마치 오케스트라 지휘자 같았다. 무슨 일을 하는 사람일까. 혹시 탈리아처럼 아저씨도 국립오페라단에서 도망친 걸까?

아저씨가 내게 인사를 건넸다. 러시아어로! 드디어 말을 할 수 있는 상대가 생긴 것이다! 얼마나 좋았는지 그 순간 오열이 터져 나왔다.

"그래, 그래……" 모데스테 쿨레비치 아저씨는 마치 내가 음식을 잘못 삼키기라도 한 것처럼 등을 두드려주며 말했다.

나는 눈물을 훔쳤다. 그러자 아저씨는 자기는 통역해주는 사람이고, 내 이야기를 프랑스 말로 옮기려면 먼저 이야기를 들어야 한다고 했다. 그것이 아저씨의 직업이었던 것이다.

"이름이 뭐지?"

"내 이름은 블레즈 포르튄이에요." 나는 훌쩍이며 대답했다.

"그래, 그건 안다. 그런데 네 진짜 러시아 이름을 말해볼까?"

"진짜 러시아 이름 같은 건 없어요. 내 이름은 블레즈 포르튄이고, 이것은 거짓 없는 진실이에요."

"그렇구나." 아저씨는 한숨을 내쉬었다. 그러고는 나를 컴퓨터가 있는 사무실로 데려갔다.

아저씨와 나는 하루 종일 컴퓨터 화면 앞에 앉아 있었다. 내가 러시아 말로 이야기를 하면 아저씨는 그 말을 프랑스 말로 번역해서 컴퓨터에 기록했다. 나는 바빅 아저씨의 트레일러에서처럼 처음부터 끝까지 모든 걸 다 이야기했다. 하지만 모데스테 아저씨는 보다 더 자세한 이야기를 요구했다. 모데스테 아저씨도, 뭐랄까, 내 영혼이 하는 말을 듣고 싶어 하는 것 같았다.

아저씨는 자주 작업을 멈추고 이마에 흐르는 땀을 닦으며 숨을 몰아쉬었다.

"휴! 여긴 정말 덥구나. 그렇지 않니?"

아저씨는 나비넥타이를 잡아당겼다. 그러자 턱이 마치 젤리처럼 출렁거렸다. 아저씨를 볼 때마다 브로커에게 사기를 당하고 도착한 마을에서 글로리아가 했던 말이 떠올랐다. 인간에게 절망해선 안 돼.

하루가 끝나갈 무렵, 내 이야기의 대부분이 컴퓨터에 기록되어 있었다. 하얀 바탕에 검은 글씨로 분명하게. 나는 모데스테 아저씨에게 내 소중한 물건들이 담긴 군장이 어디 있는지 아느냐고 물었다. 아저씨는 당장은 모르지만 관계자들에게 알아보겠다고 약속했다. 그러고는 자리를 떴다.

모데스테 아저씨 덕분에 행정기관에서는 하 아저씨가 내 여권을 꾸미게 된 이유를 파악하게 되었다. 규격이니 뭐니 훌륭한 솜씨라고 했다. 하지만 전문가들까지 속아 넘어갈 정도로 완벽하진 않았다고.

"하지만 그 여권은 내 진짜 여권이에요. 끔찍한 사고가 있던 날, 우리 엄마가 글로리아에게 맡긴 바로 그 여권이라고요!"

"알겠다." 다시 나를 찾아온 모데스테 쿨레비치 아저씨가 말했다. "하지만 행정기관 사람들은 증거를 필요로 하지. 그런데 네 이야기는 너무나 이상해서 좀처럼 믿기가 힘들구나!"

나는 도대체 내 이야기의 어디가 이상하다는 건지 알 수 없었다. 지극히 간단하게 이해할 수 있는 이야기인데. 행정 업무를 보는 사람들은 상상력이 부족한 것 같았다. 그 사람들은 내가 바실리 할아버지네 과수원 이야기를 해주면 멋진 사과나무, 살구나무, 배나무의 모습을 떠올리는 대신 그곳의 번지수, 주소, 날짜 같은 숫자들만 알고 싶어 했다.

"객-관-적 증거가 필요하다고." 모데스테 아저씨는 손바닥으로 책상을 두드리며 한 음절씩 강조하며 말했다.

나는 눈을 동그랗게 뜨고 아저씨를 올려다보았다. 아저씨가 하는 말이 무슨 뜻인지 도무지 알 수가 없었기 때문이다.

"그 열차 사고가 캅카스 지역에서 발생했다고 했지? 그런데 정확히 어디냐? 캅카스 지역은 아주 넓단다!"

나는 어깨를 으쓱했다. 캅카스 지역이 넓다는 건 확실했다! 그러니까 더더욱, 그 넓은 곳은 그냥 그대로 두고 덜 어려운 문제들에 집중해야 하는 것 아닐까? 예를 들면 글로리아나 내 친엄마를 찾는 일 같은 것 말이다.

"그것도 마찬가지야!" 모데스테 아저씨는 신경질적으로 대답했다. "잔 포르튄이니, 글로리아 보엠이니, 완전히 터무니없는 소리 같다! 지어낸 이름 같다고, 내 말 알아듣겠니?"

나는 멍하니 입만 벌리고 있었다.

"넘어가자." 아저씨는 한숨을 내쉬었다. 아저씨 역시 유감스러운 모양이었다.

그렇지만 행정 업무를 보는 직원들이 악착같이 확인 작업을 한 덕분에 캅카스 지역에서 발생한 급행열차 탈선 사고를 다룬 신문 기사와 군 보고서 몇 개를 찾아낼 수 있었다.

"전쟁 초기에 독립을 주장하는 무장 단체가 저지른 테러 사건이었더구나." 모데스테 아저씨가 환한 미소를 지으며 내게 말했다. "날짜가 정확하게 일치하진 않지만, 이게 어디냐."

"그럼 이게 객관적인 증거라는 거예요?"

"그렇다고 볼 수 있지."

"그럼 아저씨는 이제 내 이야기를 믿는다는 말인가요?"

"조사를 계속할 수 있다는 말이야."

"내 친엄마를 찾을 수 있도록 말이죠?"

"그렇단다."

"그럼 글로리아는요?"

모데스테 쿨레비치 아저씨는 이마에 흐르는 땀을 닦았다. 아저씨는 내가 타고 있던 가축 수송 트럭 운전사도 조사를 받았다고 설명했다. 헝가리 국경의 고속도로 휴게소 주차장에서 여자 한 명을 태운 건 사실이라고 했다나.

"몸 파는 여자였다더라."

"거짓말!"

"그럴 수도 있지. 아무튼 그 여자 이름은 모른다고 했어. 그런데 독일로 넘어와서 잠깐 쉬는 사이 여자가 사라져버렸다는 거야."

"거짓말이라고요!"

"그럴 수도 있지만 증거가 없는 상황이니 아니라고 확신할 수도 없단다."

나는 그 스페인 트럭 운전사가 거짓말을 했다는 걸 알고 있었다. 왜냐하면 글로리아는 그런 여자가 아니었고, 돼지들이 득시글거리는 트럭 화물칸에 나를 버려두고 갈 리가 절대 없었기 때문이다. 결국 글로리아와 관련된 이야기는 해결되지 못한 채 남게 되었다. 나는 어떻게도 해볼 수 없었다. 그저 인내심을 가지고 보호소에서 얌전히 기다리는 것 외엔. 그런데 뭘 기다려야 하는 거지?

"프랑스 사람들이 네가 누구인지 알아내고, 프랑스 정부가 네 입국을 받아들일지 말지 결정 내리기를 기다려야지." 모데스테 아저씨가 말했다.

공화국 법에 따라 나는 '외국인 미성년 미아'로 분류되었다. 모데스테 아저씨는 아무리 프랑스가 인권의 나라라고 해도 자국 영토에 아무나 발을 들이게 할 수는 없다고 설명해주었다. 그래서 심사가 필요하다고 했다. 그렇지 않으면 입국이 너무 쉬워지고, 전쟁 중인 나라의 아이들이 모두 한꺼번에 프랑스로 몰려들어 불가능한 것들을 요구하지 않겠느냐는 것이었다.

"이해하겠니?"

이해는 되지 않았지만 그냥 "오케"라고 대답했다. 날 좀 내버려두었으면 하는 바람 때문이었다.

그 후에도 나는 여전히 많은 이야기를 해야 했고, 더더욱 상세한 부분까지 털어놓아야 했으며, 끊임없이 서류를 채워넣어야 했다. 모데스테 아저씨는 엄청나게 땀을 흘렸다. 아저씨는 내가 계속 프랑스 공화국의 국민이고 그것은 거짓 없는 진실이라고 주장하는 탓에 머리가 돌아버리겠다고 했다.

나는 글로리아를 기다렸다.

창문에 붙어 앉아 지평선만 바라보고 있었다. 앞 건물에 가려 지평선이 보이지 않았지만 상관없었다.

나는 하늘을 올려다보았다. 그리고 마음을 진정시키려고 애쓰며 생각했다. 지구상 어디에 있어도 하늘은 언제나 같은 하늘이야. 별이나 태양, 다른 행성들처럼 언제나 변하지 않아. 글로리아 역시 나와 같은 하늘을 바라보고 있을 거라 생각하면 조금은 위안이 되었다.

그러던 어느 날, 모데스테 쿨레비치 아저씨는 내게 아동 인권에 관련된 헌법 20조를 읽어주었다. 내가 프랑스 정부의 보호를 받게 되었다는 소리였다.

"너를 아는 사람이 아무도 없고 네가 정확히 어디 출신인지 알 수 없는 이상, 다른 방도가 없구나." 아저씨는 그렇게 덧붙였다.

나는 푸아티에라는 도시에 있는 기숙사 시설로 보내졌다. 푸아티에는 비엔 지방의 도청 소재지였는데, 거기서 나는 학교에 들어가게 됐다. 그것도 법에 따른 것이었다. 다행한 일이었다. 안 그랬다면 나는 계속 미친 사람처럼 글로리아만 기다리고 있었을 것이고, 결국 절망이 날 죽여버렸을지도 모르기 때문이다.

## 37

프랑스 학교는 '빈민 대학'과도, 모두가 양탄자 위에서 알라에게 기도를 올렸다는 파티마의 학교와도 달랐다. 프랑스 사람 누구도 쇠고기의 부위별 명칭이나 순교 성인의 목록, 포커의 규칙을 가르쳐줄 생각을 할 리는 없었다. 천만의 말씀. 가장 먼저 필요한 것은 언어를 배우는 일이었다. 그런데 이번에는 하 아저씨가 준 카탈로그에 발음기호로 적힌 문장들과는 완전히 달랐다.

우리 반에는 열두 명의 '외국인 미성년 미아'가 있었다. 대부분 모로코나 튀니지에서 왔고, 압델말리크 같은 흑인도 있었다. 내 초록색 지도책 90페이지, 그러니까 아프리카에 가족을 남겨두고 온 아이들이었다. 콜롬비아나 필리핀 등지에서 태어난 아이들도 몇몇 있었다. 그런 걸 보면 지구상에는 아이들에게 위험한 지역이 적지 않은 것 같았다.

우리는 굳이 말을 하지 않아도 서로를 이해할 수 있었다. 모두들 제각각 삶의 우여곡절을 겪었다. 배고픔이 뭔지 알았고, 한밤중에 국경을 넘는다는 게 어떤 건지 알았다. 검문의 공포와 총성을 경험했고, 세상에 혼자 남겨지는 막막한 비참함을 겪었다. 우리가 가진 저마다의 기억과 감정들은 시멘트 같은 역할을 했다. 우리는 하나의 벽을 구성하는 벽돌들처럼 단단히 뭉쳐 지냈다. 그것은 대단히 중요한 일이었다. 그 누구도 사람 사이의 온정 없이 살아갈 수는 없기 때문이다.

내가 간직하고 있는 그 시절 사진에는 우리 반 친구들이 모두 한자리에 모여 있다. 말리크, 아니사, 파투, 사미, 존 아리스티드, 사바도, 웨마, 자말, 레안드루, 그리고 프루든스. 그리고 우리 뒤로 조르주 선생님이 자랑스럽고 기쁜 표정으로 미소를 짓고 있다. 선생님 덕분에 우리는 몇 달 만에 동사 변화와 1군 동사의 전문가가 되었다.

시간은 흘러갔다.

나는 열세 살이 되었고 여전히 푸아티에 기숙사에서 아동 구호 단체의 지원을 받으며 지냈다.

나를 담당했던 공무원들은 내 군장을 찾지 못했다. 그것은 영영 잃어버린 물건이 되어버렸고, 결국 우리 엄마가 몽생미셸에 살고 있다는 공문서도 보여줄 수 없게 되었다. 나는 잡식성 동물인 돼지가 내 초록색 지도책과 카탈로그를 뜯어 먹는 상상을 했다. 누가 알겠는가?

그리고 이제 나는 샤를 보들레르의 시구절을 러시아 억양 거의 없이 낭송할 수 있게 되었다. "자유인이여, 그대는 언제나 바다를 사랑하리……!" 복잡한 문장을 구사했고 형용사도 적절히 활용할 수 있었을 뿐 아니라 역대 프랑스 국왕들의 이름까지 줄줄 외울 수 있었다. 하지만 나는 여전히 공식적인 프랑스 국민이 아니었고 우리 엄마 잔 포르튄의 행방도 알 수 없었다. 가끔씩 나를 찾아오는 모데스테 쿨레비치 아저씨의 말로는 '현상유지' 상태라고 했다.

"그게 무슨 뜻이에요?"

"달라진 게 전혀 없다는 말이다, 블레즈. 너는 프랑스 사람도 아니고, 다른 어떤 나라의 사람도 아니라는 말이지."

"오케."

나에게는 그다지 새롭지 않은 내용이었다. 유령처럼 사는 일에는 이미 익숙했다. 흘러가는 한 줄기 바람처럼.

한편 글로리아의 실종은 여전히 수수께끼로 남아 있었다. 나는 그 생각만 하면 가슴이 찢어지는 것 같았다. 혹시 가슴 속에 숨어 살던 개 때문에 이미 죽은 건 아닌지, 인간 잡는 덫에 걸려 유럽 어딘가에 감금되어 있는 건 아닌지 걱정스러웠다. 성인들은 미성년자와 달리 법 적용이 훨씬 엄격했다. 조르주 선생님은 내가 글로리아 이야기만 하면 침울한 표정을 지었다.

"아마 왔던 곳으로 추방되었을 거야."

"캅카스 지역으로 돌려보내졌을 거라고요?"

"그래."

"몸이 많이 아픈데도요?"

"그래."

"폐허 속에서 죽을 수도 있는데도요?"

"그래."

너무 불공평해. 다시는 글로리아를 볼 수 없을 거라 생각하면 너무 무서웠다. 글로리아와 함께하는 평화로운 삶을 얼마나 꿈꾸었는데, 에밀과 스탐벡과 파티마와 모두를 다시 만나 파티를 열 수 있기를 얼마나 꿈꾸었는데. 모든 상황에 화가 치밀었다.

그날 밤, 나는 소리가 새어나가지 않도록 베개를 앙물고 통곡했다.

유일한 희망은 누카 아줌마의 예언뿐이었다. 집시들은 그런 일에 강하니까, 나는 내가 필요로 하는 한 글로리아는 절대 죽지 않을 거라는 그 말에 매달렸다. 젬젬과 재회했거나 바실리 할아버지네 과수원에 남아 있는 오두막에서 안전하게 지내고 있을 거라 믿고 싶었다. 그러면서 새 사모바르에 물을 끓이며 행복해하는 모습을 상상했다. 나무에 오르고 트럭을 운전하는 모습이 눈앞에 그려졌다. 전쟁터에서 살아 돌아온 다섯 형제들과 웃고 떠드는 목소리가 들리는 듯했다…… 나는 글로리아에게 배운 대로 삶을 견디기 위해 이야기들을 지어냈다.

1999년, 열네 살이 되던 해에 우리 교실 컴퓨터에 인터넷이 연결되었다. 조르주 선생님은 그게 아주 중요한 일이라고 설명하면서 무엇보다 우리에게 신기술을 가르칠 수 있게 되어 기쁘다고 말했다. 그러면서 이 신기술은 다가올 새 천 년에 우리의 여권 같은 기능을 하게 될 것이라고 했다.

"인터넷을 활용하면 모든 것을 알 수 있단다!" 선생님은 그렇게 단언했다.

우리는 눈을 반짝였다. 모두들 이 광활한 세상에서 무언가 혹은 누군가를 찾고 있었기 때문이다. 자말은 지중해에 빠져 죽은 사람들에 대해서 알 수 있는지 물었다. 유럽으로 오던 도중 형이 바다에 빠져 죽었기 때문이다. 조르주 선생님은 침울한 표정으로 먼젓번 말에 단서를 달았다.

“인터넷을 활용하면 거의 모든 것을 알 수 있어.”

선생님은 우리에게 인터넷 사용법을 가르쳐주었고, 나는 ‘현상유지’ 상태에서 벗어나기 위해 스스로 조사를 해보기로 결심했다.

내가 검색창에 제일 먼저 입력한 단어는 ‘글로리아’였다.

결과는 다음과 같았다.

- 연유 상표
- 오래전에 사망한 미국의 여배우
- 라틴어 기도문의 문구
- 다수의 식당과 호텔 이름

나의 글로리아는 그림자도 보이지 않았다. ‘보엠’이라는 단어를 추가로 입력해봐도 유럽의 어느 지역, 그런 제목의 노래, 아르튀르 랭보의 시가 검색될 뿐이었다.

끔찍하게 슬펐다. 나는 두번째 검색어로 ‘잔 포르튄’을 선택했다. 결과는 더 참담했다. 몽생미셸에도, 프랑스 그 어디에도 그런 이름의 사람은 한 명도 없는 것 같았다.

마지막으로 ‘젬젬 다바이에프’라는 이름을 입력해보았다. 드디어 무언가 나왔다. 러시아어로 쓰인 신문 기사였다. 젬젬이 전쟁 지도자이며 무장 테러리스트이고, 무고한 사람들을 죽이는 극악한 괴물이라는 내용이었다. 무언가 잘못된 것 같았다. 내가 아는 젬젬은 그런 사람이 아니었다. 글로리아가 사랑했던 젬젬은 그런 괴물이 아니었다. 젬젬은 죽어가는 사람들을 구하고 소방차를 찾아 뛰던, 파리 한 마리도 죽이지 못하는 사람이었다.

모든 게 역겨워진 나는 조르주 선생님에게 갔다. 그리고 신기술이라는 것이 너무 실망스럽다고 고함을 질렀다. 새 천 년이 온다고 해도 내게 아무런 희망도 주지 못한다면 현대적이라봐야 아무 소용 없었다.

"인터넷 세상 속에 있는 건 다 거짓말이에요!"

나는 교실 문을 쾅 닫고 나왔다. 어느 구석에 처박혀 나오고 싶지 않았다. 배 속에서 분노가 치밀어올랐다.

나는 운동장 근처, 기숙사를 둘러싸고 있는 마당 벽에 기대고 앉았다. 모든 것에 신물이 났다. 친구들도, 모데스테 쿨레비치 아저씨도, 조르주 선생님도, 선생님의 친절함도 모두 지긋지긋했다. 내가 원하는 것은 글로리아였다. 오직 글로리아만이 진실을 알고 있었다! 오직 글로리아만이 우리 엄마를 찾도록 도와줄 수 있었고, 오직 글로리아만이 내가 프랑스 국민이라는 객관적 증거를 댈 수 있었다. 그리고 무엇보다 오직 글로리아만이 두 팔과 뚱뚱한 몸으로 나를 꼭 끌어안고 내 불안함을 달래줄 수 있었다.

나는 벽을 발로 차면서 한참 동안 울었다. 그런데 갑자기 등뒤에서 인기척이 느껴졌다. 뒤를 돌아보니 프루든스가 나를 보고 있었다.

"뭔데? 뭘 쳐다봐?"

나는 기분이 몹시 안 좋은 상태였다.

프루든스는 미소를 지었다. 그러고는 내 곁으로 다가왔다.

"내가 여기 앉는다고 설마 날 물지는 않겠지?"

나는 어깨를 으쓱해 보였고 프루든스는 내 옆에 앉았다.

나는 좀 놀랐다. 프루든스는 우리 반에서 가장 말이 없고 가장 수줍음이 많은 여자아이였기 때문이다. 내가 그 애에 대해 아는 것이라곤 기니 만 근처의 라이베리아에서 왔다는 것뿐이었다. 내 초록색 지도책 91페이지에 나오는 나라였다.

프루든스는 한동안 아무 말 없이 가만히 앉아 있기만 했다. 그러더니 갑자기 내게 게임을 하겠느냐고 물었다.

"게임? 무슨 게임?"

"일종의 경합이야."

"무슨 경합인데?"

"불행 경합."

내가 호기심에 찬 눈빛으로 쳐다보자 프루든스는 설명을 시작했다.

"규칙은 간단해. 각자 자기가 겪은 불행을 하나씩 이야기하는 거야. 가장 불행한 경험을 한 사람이 이기는 거지."

재미있을 것 같았다.

"오케."

그리고 게임이 시작되었다.

불행과 불행의 맞대결이.

운동장 앞쪽 벽에 나란히 기대 앉은 채 대결은 한참 동안 이어졌다.

가장 오래된 기억부터 모든 게 다 튀어나왔다. 그리고 분명 프루든스가 한 수 위였다. 겨우 십삼 년을 살면서 겪은 일이라고는 믿기지 않았다! 머리털이 쭈뼛해질 정도로 끔찍한 불행 목록이었다. 학살, 탈주, 맹독성 벌레, 목 잘린 시체, 고문의 흔적인 양팔의 상처까지. 마지막에 이르자 입이 떡 벌어졌다. 프루든스는 손가락으로 승리의 브이 자를 해 보였지만, 내 눈에서는 눈물이 뚝뚝 떨어지고 있었다. 대형 트럭 주차장에서 마지막으로 본 글로리아의 모습이 떠올랐기 때문이다.

프루든스는 내게 휴지를 건네주었다.

그 뒤로 프루든스와 나는 항상 붙어 다녔다. 꼬마 때처럼 사랑에 빠진 건 아니었다. 그냥 떨어질 수 없는 관계가 되어버린 것이다.

# 38

인생을 살면서 누군가와 떨어질 수 없는 관계가 된다는 건 참 행복한 일이다. 자기와 딱 맞는 사람만 만나면 되는 것이다. 그리고 그건 운명이 결정하는 것이다. 알라신을 믿는다면 알라신의 결정이겠지.

내게는 프루든스가 바로 그런 사람이었고, 그 후로 나는 다시 행운을 믿게 되었다. 만약 그때 내가 돼지들 틈에서 잠이 들지 않았다면, 세관 순찰대가 나를 발견하지 않았다면, 헌법 20조가 존재하지 않았다면, 그리고 프루든스의 가족이 토막 살해당하지 않았다면 우리 둘 중 누구도 푸아티에에 올 수 없었을 것이고, 그러면 우리는 평생 만나지 못했을 테니까.

## 39

2000년 한 해도 지나갔다. 나는 열다섯 살이 되었다. 그리고 열여섯, 또 열일곱.

글로리아를 생각하면 언제나 느닷없이 울적함에 사로잡히곤 했지만, 그래도 나는 아침마다 먹는 신선한 바게트, 온 교실에 진동하는 조르주 선생님의 진한 에스프레소 향기, 7월 14일*마다 벌어지는 불꽃놀이, 투르 드 프랑스** 같은 이 나라 생활에 많이 적응하게 되었다.

평화로운 일상에 점점 익숙해졌고 바칼로레아***도 준비했다.

---

* 프랑스 독립기념일.

** 프랑스에서 해마다 열리는 국제 사이클 일주 경기.

*** 프랑스 대학 입학 자격 시험.

나는 프루든스와 손을 꼭 잡고 산책을 하며 성인이 되어 프랑스 국적을 취득하고 이 유령 같은 삶이 마침내 끝나는 날을 손꼽아 기다렸다.

공식적으로는 2003년 12월 30일의 일이다. 정확하게 날짜를 기억하는 이유는 그날 시청 광장이 유난히 추웠기 때문이다. 모데스테 쿨레비치 아저씨와 조르주 선생님이 자리를 함께했고, 물론 프루든스 역시 함께였다. 마치 내가 올림픽이나 그에 버금가는 스포츠 경기에 나가 신기록이라도 세운 것처럼 모두들 차례차례 나를 안아주었다. 내 손에는 신분증과 갓 발급된 여권이 쥐여 있었다.

"정말 대단하구나!" 조르주 선생님이 눈물을 보이며 말했다.

모데스테 쿨레비치 아저씨는 아주 만족스럽다는 듯 연신 내 등을 토닥였다. 사실은 얼마 전부터 법에 많은 변화가 있었다. 프랑스는 여전히 '자유 평등 박애'의 나라였지만 다양한 특별법이 제정되어 국적 취득이 점점 더 어려워졌다. 이민 정책 탓이기도 했지만 언제나 그렇듯 두려움 또한 그런 변화에 일조했다. 하지만 나는 자격을 획득했다. 그리고 그제야 제대로 숨을 쉴 수 있게 되었다.

우리는 모두 나의 국적 취득을 축하하기 위해 카페로 향했고 조르주 선생님은 샴페인을 주문했다. 그러고는 내게 이제 막 주어진 자유를 어떻게 만끽할 생각이냐고 물었다.

프루든스는 내 어깨에 기대어 있었다. 그녀는 내 꿈에 대해 알고 있었다. 내가 이미 말해주었기 때문이다. 우리는 서로를 바라보며 미소를 지었다.

## 40

프루든스는 잠들어 있었다. 나 역시 고속버스 유리창에 머리를 기대고 잠이 들어버려서 운전사가 우리를 흔들어 깨우며 목적지에 도착했다고 알려주었다.

간조 때였다. 거대한 주차장은 거의 텅 비어 있었고 여기저기 흙탕물이 물웅덩이를 이루고 있었다. 단조로운 1월 하늘을 날아다니던 갈매기 떼가 사방에서 끼룩거렸다. 우리 앞에 있는 몽생미셸은 모래밭 위에 우뚝 선 채 바다에서 올라온 안개에 둘러싸여 마치 상상 속의 성처럼 보였다.

프루든스는 내 손을 잡았다.

요새 같은 마을에 들어서자 굵은 빗방울이 뚝뚝 떨어지기 시작했다. 우리는 옷에 달린 모자를 뒤집어쓰고 어느 가게의 차양 밑으로 뛰어 들어가 비를 피했다.

"어쩌지……" 프루든스는 보도 위를 흘러가는 엄청난 빗줄기를 보며 말했다.

나는 동네 사람들에게 엄마에 대해 물어보겠다는 굳은 의지로 이곳을 찾았다. 필요하다면 한 명씩 모두 만나볼 생각이었다! 전화번호부를 찾아보니 주민 수는 그리 많지 않았다. 사십여 명 정도. 쉬울 거라 생각했는데 막상 현장에 도착해서 좁은 골목길을 돌아다니다 보니 점점 자신이 없어졌다.

축축한 공기에 튀김 냄새가 감돌았다. 기념품점에서는 중국제 플라스틱 잡화를 팔고 있었다. 바가지를 쓰기 십상이었지만 그래도 뭐든 사고 싶었다.

기념품점에서 나오자 비가 그쳐 있었다. 프루든스는 수도원 건물 꼭대기로 향하는 계단으로 나를 이끌었다.

눈을 들었다. 이끼가 잔뜩 낀 지붕 사이로 금빛 천사상이 우리를 지켜보고 있었다.

위에서 내려다보는 전경은 환상적이었다. 소나기 덕분에 하늘이 말끔했다. 시커먼 먹구름에 수평선이 도드라져 보였고 드넓게 펼쳐진 만은 햇살을 받아 반짝이고 있었다.

나는 오랫동안 가만히 경치를 감상했다. 여러 가지 생각들이 요동쳐 현기증이 일었다. 나는 난간에서 물러나 계단에 잠시 앉았다.

프루든스는 아무 말도 하지 않았다. 그저 기다려주었다. 몬로비아* 근교에서 일가족 몰살 장면까지 지켜봤으니 더이상 놀랄 일이 없는 친구였다. 마침내 태어난 곳으로 돌아왔지만 내가 진짜 누구인지 말해줄 아빠도 엄마도 없는 상황에 처한 내 심정을 프루든스는 어렵지 않게 짐작했으리라.

현기증이 가셨다. 나는 다시 눈을 떴다. 내 뒤로, 잠깐 스치는 햇살에 천사상이 환하게 빛나고 있었다. 나는 웃기 시작했다.

"왜 웃어?" 프루든스가 물었다.

"몰라."

나는 숨을 크게 한 번 들이쉬고는 수도원을 쳐다보며 말했다.

"이제 그만 돌아가자."

프루든스는 고속버스를 타고 그 긴 시간 달려온 것에 대해서도, 소요된 여행 경비에 대해서도, 내 불안한 심리 상태에 대해서도 아무런 불평을 하지 않았다. 그저 내 뒤를 따라 발걸음을 옮겼고, 우리는 그렇게 몽생미셸을 내려왔다.

---

* 라이베리아의 수도.

꼭대기에 올라 파노라마처럼 펼쳐지는 장관을 마주하자 모든 게 무의미하다는 생각이 들었다. 중요한 것은 몽생미셸도, 잔 포르튄도 아니었다. 내가 이미 알고 있는 것을 굳이 사십여 명의 주민에게 확인할 필요는 없었다. 내게 가장 중요한 것은 글로리아를 다시 찾는 일이었다.

# 41

성인이 되고, 공식적으로 프랑스 공화국의 국민이 되고, 자유롭게 말을 구사할 수 있게 되면 산도 옮길 수 있다. 캅카스 지역이라 해도, 그곳이 아무리 넓다 해도, 가끔 용기가 없어지고 헛수고라는 생각이 들어도, 차라리 백사장에서 바늘을 찾는 게 쉽겠다는 생각이 들어도.

그렇게 되기까지 이 년이라는 시간과 십여 통의 서신, 그리고 몇 통의 전화와 이메일이 필요했다. 자세한 설명은 하지 않겠다. 그러나 나는 결국 지난주, 캅카스 지역 그루지야의 수도 트빌리시 주재 프랑스 대사관으로부터 편지 한 통을 받게 되었다.

블레즈 포르튄 귀하

귀하가 찾으시는 여성분이 이곳에 거주하고 계신 것 같습니다. 그런데 상황이 좀 특별합니다. 아무래도 직접 오셔야 할 것 같습니다. 주소는……

그래서 2005년 7월의 아침, 나는 루아시 샤를 드골 공항에 나와 있다. 주체할 수 없을 정도로 가슴이 두근거리고 기억 속에서 어린 시절의 추억들이 쏟아져나온다. 손에는 몽생미셸에서 구입한 중국제 플라스틱 기념품이 들려 있다.

이제 시간이 되었다. 샤를 보들레르의 시구절이 떠오른다. "시간이 되었다. 닻을 올려라!"

나는 승무원에게 다가간다. 승무원은 내 여권을 확인한 후 미소를 지으며 즐거운 여행을 기원한다.

# 42

트빌리시에서의 첫날 밤, 나는 중심가의 어느 호텔 방 열린 창문 앞에 서 있었다. 잠이 오지 않았다. 숨이 막힐 정도로 더웠다. 불빛과 연이어 지나가는 자동차들, 불 켜진 대성당과 이슬람 사원의 모습을 바라보았다. 글로리아와 함께 '건물'에 살던 시절 지내던 곳이 바로 여기일까? 아니면 다른 도시일까? 당연히 아무것도 알아볼 수 없었다. 나는 흥분이 가라앉지 않아 욕지기가 솟을 것 같은 상태로 날이 밝기를 기다렸다.

팔 년 만에 다시 찾은 캅카스 지역은 변한 게 많지 않았다. 공식적인 전쟁은 끝이 났지만 칼라시니코프 소총을 든 전투병들이 여전히 돌아다녔고, 국경이 계속 바뀌는 통에 이 계곡 저 계곡 떠도는 바람 같은 난민들의 이동도 여전했다. 테러나 납치, 실종

사건도 이따금씩 벌어졌다. 아무도 그런 일이 벌어지는 이유를 알지 못하는 그런 곳이었다. 하지만 이곳에서도 사람들은 살아간다. 숨을 쉬고 거리를 걷고 일을 하고 술을 마시고 밥을 먹고, 놀고 즐기기까지 한다.

드디어 하늘이 조금씩 밝아지더니 새벽빛이 한 줄기 시원함을 몰고 왔다.

나는 샤워를 하고 면도를 마친 뒤 셔츠 단추를 잠그고 욕실 거울에 비친 내 모습을 바라보았다. '공주모요탕'에서 씻고 나온 그날처럼 말끔한 모습이었다. 벼룩도 이도 없는, 가운데 가르마를 탄 진짜 프랑스 사람. 어린 시절을 보낸 나라에서 이제 나는 외국인이 된 건가? 글로리아는 날 알아볼까?

목이 멘 상태로 호텔을 나섰다. 병원 주소를 적은 종이는 호주머니 속에 접혀 있었다. 다 외우고 있었으니 다시 확인할 필요는 없었다.

레오니제 박사가 병원에서 나를 맞아주었다. 그루지야 억양이 약간 섞인 러시아어를 하는 온화하면서 세련된 사람이었다. 프랑스 대사관을 통해 나의 방문 소식을 전달 받은 그는 나를 자신의 사무실로 데려가 차를 대접했다.

오전 여덟시밖에 안 된 시각인데 벌써 유리창으로 태양이 내

리쬐고 있었다. 단정하게 차려입은 셔츠 속에서 땀이 흘렀다.

"병실로 가시기 전에 알아두셔야 할 게 있습니다." 레오니제 박사가 말했다. "그분은 지난 칠 년 동안 단 한 번도 입을 연 적이 없습니다."

손에 든 찻잔이 떨렸다.

"칠 년 전부터 이곳에 계셨다는 말씀인가요?"

레오니제 박사가 고개를 끄덕였다.

"처음 이곳에 오셨을 때 이미 건강이 많이 안 좋은 상태였습니다."

"혹시…… 기침을 하시던가요?"

"네, 호흡기 감염이 심각했지요. 처음에는 결핵일 거라고 생각했습니다만 화학물질 중독일 가능성이 더 크다는 진단을 내렸지요. 지금은 비교적 안정되신 상태입니다."

나는 찻잔을 내려놓고 손등으로 이마에 흥건한 땀을 닦았다. 박사의 설명이 이어졌다.

"그동안 환자의 이름이나 출신 지역을 알 수 없어서 '오우츠노비 할리'라고 불렀습니다. 그루지야 말로 '무명인'이라는 뜻이죠…… 차 한 잔 더 하시겠습니까?"

나는 사양하는 손짓을 해 보였다. 내가 원하는 것은 당장 글로리아를 만나는 일이었다.

"만약 제가 찾는 그분이 맞다면……"

더이상 말을 이을 수 없었다. 사실 이곳에 있는 그 사람이 글로리아가 맞다면 그 이후에는 어떻게 할지 생각해보지 않았기 때문이다. 무중력 상태를 떠다니는 느낌이었다. 레오니제 박사는 차를 다 마시고 개수대에서 찻잔을 씻었다.

"몇 달 전 어느 방송국에서 취재를 나온 적이 있습니다. 환자들의 모습을 카메라에 담는다기에 오우츠노비 할리의 촬영도 허락했습니다. 방송이 나가고 얼마 안 있어 한 남자가 찾아왔습니다. 환자분을 안다더군요. 그 남자 말로는, 미스터리한 우리 환자의 이름이 글로리아 바실리에브나라고 했습니다. 신문에도 기사가 실렸고요."

의사는 젖은 손을 가운에 닦았다.

"이리 오시지요. 안내해드리겠습니다."

나는 자리에서 일어났다. 사무실을 나서서 복도를 통과했다. 엘리베이터가 고장 난 터라 4층까지 어두운 계단을 걸어 올라가야 했다. 타일 바닥에 부딪히는 발소리와 북소리보다 더 크게 쿵쿵대는 내 심장 소리밖에 들리지 않았다.

레오니제 박사가 어느 병실 문 앞에 멈춰 섰다.

"방송을 보고 찾아온 남자분도 환자분을 만나고 싶어 했습니다. 남자분이 말을 걸자 글로리아 바실리에브나 씨가 울기 시작했어요. 입원 이래 첫 감정 표현이었습니다…… 하지만 말은 한 마디도 하지 않았어요. 그러니 큰 기대는 안 하시는 게 좋을 겁니다. 제 말뜻 아시겠지요?"

"알겠습니다."

두 다리가 힘겹게 내 몸을 지탱하고 있었다. 의사에게 글로리아를 울린 그 남자의 이름을 물어볼 생각조차 하지 못했다. 문손잡이를 돌리는 의사의 손만 보일 뿐이었다.

## 43

문을 열자 실루엣이 보였다. 창문 앞에 앉아 등을 돌린 여인.

나는 병실로 들어갔다.

햇살이 너무 강렬했다…… 나는 실눈을 뜨고 침대를 돌아 여인을 향해 다가갔다. 틀어 올린 검은 머리 몇 가닥이 관자놀이 위로 흘러내려와 있었다. 조금 더 가까이 다가가자 옆모습이 보였다. 코의 윤곽과 두드러진 광대뼈가 차례로 눈에 들어왔다. 가슴에서 폭탄이 터져 내장이 파열되고 온몸이 갈기갈기 찢기는 느낌이었다.

글로리아였다. 글로리아가 맞았다. 내가 찾던 바로 그 글로리아였다.

글로리아는 나를 향해 고개를 돌렸다. 나를 보는 그녀의 눈빛은 죽은 별, 검은 구멍이었다. 나는 몸을 숙였다. 힘이 빠진 두 손이 툭 떨어졌다.

"글로리아……?"

입이 사막처럼 바짝 말라 있었다.

"나예요, 쿠마일이에요."

죽은 별 같은 눈동자가 나를 응시했다. 생기라고는 조금도 없어 보였다. 공허한 느낌뿐. 나는 재차 말했다.

"쿠마일이라고요. 내가 왔어요. 알아보겠어요? 나예요…… 므시외 블레즈."

순간 무언가 변화가 일어났다. 그런 느낌이 들었다. 글로리아의 눈빛 저 깊은 곳에서 희미한 한 줄기 빛이 살아났다. 나는 더 이상 서 있을 힘이 없어 그 앞에 무릎을 꿇고 앉았다. 콘크리트에 갇힌 것처럼 목구멍이 단단하게 굳어버렸다. 하지만 그 한 줄기 빛을 잃지 않으려면 계속 말을 걸어야 했다.

"기억나요? 팔 년 전에 스페인 운전사가 몰던 가축 수송 트럭에 올라타라고 나한테 그랬잖아요. 거기 국경 근처 주차장에서. 기억나요? 트럭에 올라타면 쥐 죽은 듯 숨어 있으라고 했잖아요. 그래서 난 그 말대로 했어요…… 돼지들 틈에 웅크려 어둠 속에 가만히 있었어요."

내가 말을 할수록 글로리아의 눈빛이 되살아났다. 단어 하나 하나가 꺼져가는 불씨를 되살리는 입김이 되었다.

"프랑스에 도착했을 때 글로리아는 거기 없었어요…… 나는 혼자였고, 혼자…… 나는……"

그랬다. 나는 나도 모르게 울고 있었다. 나는 두 손을 글로리아의 무릎 위에 올려놓고 온기를 느꼈다. 글로리아는 집시촌 시절처럼 앙상하게 말라 있었다. 하지만 내 앞에 이렇게 살아 있지 않은가! 글로리아는 크게 변하지는 않았다. 아무것도 기억나지 않는다는 듯, 표정을 가두고 있는 생기 없는 얼굴만 제외하고는.

나는 다시 말을 걸었다.

"나예요, 쿠마일! 이렇게 컸어요. 사실 좀 변했지요…… 그래도 알아볼 수 있죠?"

글로리아는 왼손을 올리더니 마치 데거나 물릴까봐 두려워하는 것처럼 조심조심 내 쪽으로 뻗었다. 나는 무릎을 꿇은 채 가만히 있었다. 갑자기 양탄자 위에서 기도를 올리다 총에 맞아 죽었다는 파티마의 아빠가 생각났다. 세상 무슨 일이 생긴다 해도 지금 이 순간만큼은 죽고 싶지 않았다.

글로리아의 손이 내 뺨에 와 닿았다. 나뭇가지 위에 앉은 새처럼 가벼웠다. 글로리아는 손끝으로 내 피부와 얼굴 윤곽을 가늠

했다.

글로리아의 입이 살짝 벌어지더니 알아들을 수 없는 소리를 내기 시작했다. 마치 상처 입은 짐승의 울음소리 같았다. 그러더니 결국 울음을 터뜨렸고 멈추지 않는 눈물이 흘렀다. 나를 집어 삼킬 듯 바라보더니 갑자기 생기가 되살아났다. 백 년 동안 잠을 자던 공주가 마침내 깨어났다는 그 동화 속 이야기 같았다.

글로리아가 내 손을 잡았다.

나는 흐느껴 울었다.

"누카 아줌마 말이 맞았어! 이럴 줄 알았어! 글로리아는 죽을 수 없어! 내가 필요로 하는 한, 절대……"

글로리아는 두 팔을 벌렸다. 나는 어렸을 때처럼 그 품에 안겼다. 세제 냄새와 차 향기가 그리웠다.

글로리아는 내 머리를 쓰다듬었다. 그리고 토닥토닥 달래주었다.

마침내 오랜 침묵을 깨고 글로리아가 갈라진 목소리로 말문을 열었다.

"널 기다리고 있었단다, 쿠마일."

순간, 나의 심장이 뜨거워졌다.

그날 아침 글로리아는 더이상 아무 말도 할 수 없었다. 하지만 크게 걱정할 문제는 아니었다. 이제 우리에게는 많은 시간이 남아 있으니까.

"안 그런가요?" 나는 레오니제 박사의 사무실로 돌아와 웃으며 말했다.

의사는 천천히 고개를 가로저었다. 그의 두 눈은 얼굴 한가운데에 두 개의 슬픈 동그라미를 그리고 있었다.

"그렇지는 않습니다, 포르튄 씨. 몇 주 혹은 한두 달 정도밖에 보장할 수 없습니다. 유감입니다."

나는 이해할 수 없다는 표정으로 의사를 쳐다보았다.

"아까는 안정적이라고 하시지 않았습니까!"

"안정적이라는 게 아무런 문제가 없다는 의미는 아닙니다, 포르튄 씨. 글로리아 바실리에브나 씨의 폐는 화학물질로 인해 치명적인 손상을 입었습니다. 상태가 악화되는 걸 늦추긴 했지만 완전히 회복되기는 어렵습니다."

분노가 치밀어올랐다. 나는 자리에서 일어나 레오니제 박사에게 다가가 고함을 질렀다.

"당신이 뭘 안다고! 당장 프랑스로 데려가겠습니다! 최고의 의료진에게 보이겠어요! 꼭 고쳐주고 말 겁니다!"

레오니제 박사는 체념한 표정으로 두 손을 가운 주머니에 찔러넣었다. 그리고 한숨을 내쉬었다.

"절대 만류하고 싶군요, 포르튄 씨. 바실리에브나 씨에겐 그런 여행을 견딜 힘이 없습니다. 환자분을 살리려면 기적이 필요할 겁니다."

나는 자신만만한 미소를 지으며 의사에게 말했다.

"잘됐군요. 제가 바로 그 기적이니까요!"

# 44

나는 다시 병실로 갔다. 질풍처럼 달려 들어가 침대 옆의 선반을 온통 헤치며 외쳤다.

"일어나요! 병원에서 나가요! 떠나자고요! 가방은 어디 있어요?"

글로리아는 고개를 가로저었다. 글로리아에게는 짐가방 하나조차 없었다. 가방이 있다 한들 그 안에 무얼 넣겠는가? 병원에서 내준 환자복을 빼면 완전히 빈손이었다.

"잘됐네! 그럼 훨씬 간단하네요!"

나는 작은 벽장을 열고 거기 걸려 있던 니트 몇 벌과 비옷, 바지 한 벌을 꺼내 침대 위에 아무렇게나 던져놓았다.

"먼저 대사관으로 가요. 바로 비자를 내줄 거예요. 위급 상황이라는 걸 알 수 있을 테니까. 제가 프랑스 공화국 국민인 거 아시죠? 정식 여권도 있다고요! 전 자유의 몸이에요. 아무도 글로리아를 파리로 데려가는 걸 막지 못해요!"

나는 벽장 밑에 있던 반장화를 집어들고는 부들부들 떨면서 빠르게 말을 이어나갔다.

"단 일 초도 이 병실에서 더 머무르게 할 수 없어요! 여기 의사들은 돌팔이예요! 건강이 이렇게 나빠진 것도 다 그 때문이에요! 앞으로는 내가 돌볼 거예요, 두고 보라고요! 글로리아는 꼭 나을 거예요! 나무처럼 튼튼한 사람이니까!"

드디어 벽장을 다 비웠다. 옷을 개려는 순간 글로리아의 눈빛이 나를 멈춰 세웠다. 눈빛이 너무나 강렬해서 나는 입을 다물 수밖에 없었다. 글로리아는 의자에서 꼼짝도 하지 않았다. 다만 뜻 모를 부드러운 미소만 짓고 있었다. 마치 그림 속의 모나리자 같았다.

"왜요? 왜 그러는데요?"

글로리아는 손으로 침대 위를 톡톡 두드렸다. '그렇게 흥분하지 말고 여기 좀 앉아봐'라고 말하는 것 같았다. 하지만 내 머릿속에는 한 가지 생각밖에 없었다. 글로리아를 이대로 죽게 놔둘 순 없어. 멀리 데려가야 해. 이렇게 내버려두려고 팔 년을 기다린 게 아니야, 그러려고 백방으로 찾아다닌 게 아니라고!

"얘기는 비행기에서 해요. 이것들 담을 가방을 찾아볼게요."

"이런, 이런……"

글로리아가 힘없는 목소리로 말했다. 어느새 미소는 사라지고 없었다.

갑자기 맥이 풀려버린 나는 니트를 내려놓고 글로리아 가까이 침대 위에 앉았다.

햇살이 창문을 통해 비스듬하게 들어와 조금 덜 더웠다. 거리에서 경적을 울려대는 자동차 소리가 들렸다.

우리는 오랫동안 서로를 바라보고만 있었다. 글로리아가 내게 하려는 말이 뭘까. 눈물이 터지기 직전, 나는 글로리아를 데리고 그루지야를 떠나는 건 어리석은 짓임을 인정할 수밖에 없었다.

"오케. 알았어요. 기다려보자고요. 이렇게 서두를 문제가 아니라는 거죠?"

글로리아의 얼굴에 다시 미소가 번졌다. 그제야 안심한 것 같았다. 그래서 나는 한 가지 제안을 했다.

"그래도 밖에는 나가보고 싶죠? 잠깐 산책이라도 나가는 건 어때요?"

그날 오후, 글로리아는 언덕으로 향하는 비탈길을 따라 천천히 걸었다. 우리는 특별한 목적지를 정하지 않고 조각 장식이 된

발코니와 빨래를 널어놓은 창문 아래를 걸었다. 지나가던 개들이 벽에 코를 킁킁대다 멀어져갔다. 글로리아는 걸을 힘을 모으기 위해 자주 쉬었다.

마침내 우리는 이름 모를 나무 아래에 자리를 잡고 앉아 내가 호텔에서 가져온 물 한 병을 나눠 마셨다. 하고 싶은 이야기가 너무 많아서 어디서부터 시작해야 할지 몰랐다.

우리는 계곡 깊숙한 곳으로 흘러드는 강물에 시선을 고정한 채 말없이 앉아 있었다. 새들은 지저귀고 벌레들이 윙윙거리며 나뭇가지 사이를 날아다녔다. 전쟁 통에 무너져내린 건물 잔해가 여기저기 널려 있지 않았다면 캅카스 지역이 평화롭다고 해도 믿을 정도였다. 내가 먼저 입을 열었다.

"우리가 살던 건물 말이에요, 그게 여기였어요? 우리 트빌리시에서 살았던 거예요?"

"그걸 기억하고 있니?" 글로리아가 깜짝 놀란 듯 되물었다.

"그럼요! 그 시절부터는 모든 게 생생해요."

나는 세제 냄새, 내 머리를 깎아주던 세르게이 아저씨 등 내 첫번째 기억들을 들려주었다.

"그전 기억은?"

"그전 이야기는 글로리아가 해줬잖아요. 바실리 할아버지, 젬젬, 열차 사고……"

글로리아는 한숨을 내쉬었다. 먼 곳을 바라보며 무언가를 찾는 듯하더니 이내 다시 나를 바라보았다.

"정말 많이 컸구나, 쿠마일. 프랑스에서는 행복하니?"

이런 질문에는 뭐라고 대답해야 하지? 어떻게 보면 그랬다. 행복했다. 집도 있었고, 춥거나 배고프지도 않았고, 대학에서 계속 공부할 수 있도록 지원도 받았고 종종 몽마르트르 언덕에 올라가 산책도 했고, 친구들과 어울려 카페 테라스에서 시원한 맥주를 마실 때도 있었고, 웃었고, 여윳돈이 있으면 영화도 보러 갔다. 그리고 무엇보다 프루든스와 사랑을 키워가고 있었다…… 하지만 매일 깊은 우울이 나를 따라다녔고, 심장이 있어야 할 자리에 구멍이 뻥 뚫린 듯 위로할 수 없는 슬픔이 나를 괴롭혔다.

나는 몸을 굽혀 풀 몇 가닥을 뽑은 다음 손가락으로 비비 꼬며 말했다.

"친엄마는 안 찾았어요."

고개를 들어보니 글로리아가 나를 뚫어지게 쳐다보고 있었다. 그 시선과 창백한 얼굴이 나를 불안하게 만들었다. 순간 걱정이 됐다.

"병원으로 돌아갈까요?"

글로리아는 아니라고 손짓을 했다. 그러고는 나무에 등을 기대더니 생각에 빠진 건지 나뭇잎 사이로 비치는 햇살을 바라보는 건지 잠시 우두커니 앉아 있었다.

"이제는 네 이야기를 들려줘야 할 시간이 된 것 같아, 쿠마일."

"내 이야기라뇨? 이미 백만 번은 해줬잖아요. 다 외우고 있는 걸요! 괜히 힘들게 그럴 필요 없어요."

"이런, 이런…… 이번에는 조금 다른 이야기야."

"네?"

"예전처럼 이리 와봐. 이 순간을 팔 년이나 기다렸단다."

나는 글로리아의 말을 절대 거역한 적이 없었다. 그래서 풀밭 위에 다리를 뻗고 글로리아의 허벅지를 베고 누웠다. 푹신했던 살들은 남아 있지 않았지만 언제나처럼 편안했다. 목덜미 아래로 글로리아의 호흡이 느껴지자 마음도 차분해졌다.

"그런데 한 가지 약속을 해줘야 해."

"뭔데요?"

"절대로 중간에 내 말을 끊어선 안 돼."

나는 그러겠다고 약속했고 글로리아는 내 이마를 쓰다듬어주었다. 나는 목소리를 더 잘 듣기 위해 눈을 감았다.

그리고 더이상 아무런 말도 하지 않고 내 이야기에 귀를 기울였다. 조금 달라진 이야기에.

# 45

“여름이 끝나갈 무렵이었어. 정확히 1984년. 그때 난 스무 살이었고 캅카스 지역은 소비에트 연방에 속해 있었어. 러시아, 그루지야, 잉구셰티야, 아르메니야, 체첸, 그리고 압하지야까지, 우리는 모두 소련의 지배를 받고 있었어. 역사의 우여곡절이었던 거야. 그리고 아주 오래전에는 아무도 그런 상황이 바뀔 거라고 생각하지 않았어.

우리 아버지, 바실리 할아버지는 러시아 사람이었어. 아버지는 우리 어머니, 리우바 할머니와 함께 압하지야에 정착해 과수원에서 일을 했어. 그런데 그 과수원은 바실리 할아버지 소유가 아니었어. 멜빵을 걸치고 콧수염을 길게 기른 바실리 할아버지는 일개 일꾼일 뿐이었지. 가진 거라고는 튼튼한 두 팔과 여섯 명의 자식들밖에 없었어. 기억나지? 운동선수처럼 어깨가 떡 벌어진 포티아와 올레그, 두꺼운 안경알 뒤로 눈을 숨기고 있는 아나톨리, 머리카락이 양털보다 더 곱슬곱슬한 이에프렘, 그리고 아기 천사처럼 미소 짓는 도브로미르…… 그리고 유일한 딸이었던 나."

글로리아의 가족은 공상으로만 떠올려본 유령 같은 존재들이었지만 이름을 듣자 나의 입가에는 미소가 떠올랐다. 그들은 어린 시절부터 언제나 내 상상 속에 살고 있었다.

"그해 여름, 젬젬이 과수원에 왔어. 젬젬은 체첸 출신이었어. 좀더 북쪽에 있는 나라. 젬젬의 가족도 우리처럼 가난했지만 젬젬은 교육받은 사람이었어. 또 아주 잘생겼었지. 우리는 서로 첫눈에 사랑에 빠졌어. 나무 그늘을 거닐면서 정말 많은 이야기를 나눴단다. 난 젬젬의 모든 게 마음에 들었어. 활기차고, 똑똑하고, 생각도 올바르고, 아는 것도 많고…… 그러다 몇 달 뒤 내가 젬젬의 아이를 가졌다는 사실을 알게 됐어. 나는 정말 행복했어, 내 평생 그때처럼 행복했던 적은 없었지."

너무 놀라 심장이 쿵쾅거렸고 갑자기 숨이 가빠졌다. 하지만 이야기에 방해가 될까봐 눈을 뜰 수 없었다.

"1985년 12월 28일이었어." 감정이 북받치는지 글로리아는 천천히 말을 이어나갔다. "그날 나는 정말 사랑스러운 사내아이를 낳았단다. 온 가족이 집에 모여 그 자리를 함께했지. 엄마, 아빠, 그리고 다섯 형제들 모두. 지금도 기억이 나! 젬젬은 무척 감탄했고 또 자랑스러워했지. 아들에게 한 손을 올리고 '이 아이는 기적이야'라고 말했어. 그 아이가 바로 너였단다. 우리는 너에게 쿠마일이라는 이름을 지어줬어."

순간 숨이 멎었다. 마비가 된 듯 꼼짝도 할 수 없었다.

계속되는 침묵 속에 물 한 방울이 내 이마로 떨어졌다. 눈을 떠보니 글로리아의 두 뺨에 눈물이 흐르고 있었다.

나는 약속을 깨고 속삭였다.

"그게 나였다고요? 그러니까 그 말은……"

글로리아는 내 입술 위로 손가락을 갖다댔다. 몸을 떠는 게 느껴졌다. 나는 질문하고 싶은 마음을 되삼키고 가만히 기다렸다.

"몇 년 동안 우리는 행복했어. 그런데 1989년경 소련의 권력이 약화되면서 모든 게 급변하기 시작한 거야. 캅카스 지역에 살고 있던 각기 다른 민족들이 저마다 독립을 요구하고 나섰지. 오십 년 동안 펄펄 끓는 가마솥 뚜껑을 억지로 닫아놓은 것 같은 상황이었어. 뚜껑이 열리자 화상을 입고 만 거고……

젬젬은 행동할 준비가 되어 있었어. 그리고 억압받던 조그만 나라들의 독립을 쟁취하겠다는 목적으로 사람들을 모으기 시작했지. 젬젬은 자신감 넘치는 연설을 많이 했고, 그 모습에 많은 노동자들이 젬젬을 따르고 싶어 했어. 내가 선두에 섰고. 우리는 혁명을 원했던 거야. 무슨 말인지 알겠니? 우리는 각각의 민족이 자신들의 땅에서 자유롭게 살며 선조로부터 물려받은 언어와 종교와 문화를 되찾게 되기를 바랐어…… 난 미처 깨닫지 못했지만 젬젬은 그 목적을 이루기 위해서라면 큰 위험도 감수할 각오가 되어 있었어. 난 회의에 참석하고 연설을 들으며 열의를 키웠단다.

우리는 지원자를 모아 소규모 그룹을 결성한 다음 과수원 구석에 있던 오두막에서 비밀리에 모임을 가졌어. 바로 거기서 각종 무기를 비롯해 화학약품과 전쟁 물자들을 보게 되었지…… 젬젬은 우리의 혁명이 평화롭게 끝날 수만은 없을 거라고 거듭 말했어. 열정적이면서 확실하게 폭탄 제조법을 가르쳤지. 보호장비 하나 없이 유독성 가루와 휘발유통을 다루는 모습을 상상해봐. 아무 개념이 없었던 거야…… 우린 너무 어렸거든!

바실리 할아버지와 리우바 할머니는 걱정을 하셨어. 형제들도 마찬가지였고. 바실리 할아버지는 우리는 러시아 사람이라고 했어. 그러니까 압하지야나 체첸이나 그루지야 사람들의 일에 연루될 필요 없다고. 우리는 그저 가난한 농사꾼이자 사과를 따는 일꾼일 뿐이라고! 정치나 무기는 다른 사람들한테 맡겨두라고 말이야! 하지만 아버지의 말에 귀 기울이기엔 난 젬젬을 너무 사랑했어. 나의 일부가 사태의 심각성을 깨닫지 못하게 방해한 것 같아.

1991년 여름 끝 무렵의 어느 날 밤, 나는 젬젬을 비롯한 다른 일행들과 함께 기찻길을 따라갔어. 모든 준비가 되어 있었지. 우리는 기찻길 위에 폭탄을 설치했어.

다음 날 아침이 되어 지평선에 급행열차가 나타나는 순간, 나는 갑자기 우리 행동이 얼마나 심각한 것인지 깨닫게 됐어. 두려움에 사로잡혔지. 그리고 젬젬에게 애원했어. 계획을 포기하고 폭탄을 해체하자고. 하지만 젬젬은 거부했어. 급행열차에 타고 있는 그루지야 군인들은 우리의 적이라면서. 그 열차에는 여자와 아이들을 포함한 민간인들 역시 타고 있지 않느냐고 호소해 봤지만 젬젬은 귀를 닫아버렸어. 그리고 열차가 점점 가까이 다가왔지. 나는 선로 위에서 양팔을 흔들어댔어.

폭탄이 터졌어.

끔찍한 굉음이 났지.

젬젬과 다른 일행들은 승리의 브이 자를 그려 보이며 자리를 떠났어. 하지만 난 그럴 수가 없었단다.

기차는 화염에 휩싸였고 사람들은 비명을 질러댔어. 가까이 다가가니 기차 안에서 여자 신음 소리가 들렸어. 나는 벌어진 틈을 통해 객차 안으로 들어가 뒤집어진 의자들 사이를 기어갔어.

여자는 얼굴이 피투성이가 된 채 구석에 웅크리고 있었어. 품에 아기를 안고 있었지. 몸을 숙여 살펴보았더니 아기는 이미 죽어 있었어. 여자를 객차 밖으로 끌어내보려고 했는데 결국 그 여자도 숨을 거두었고. 나는 뭘 어찌해야 좋을지 알 수가 없어 그 여자 곁에서 하염없이 울었어.

그 난장판 속에서 문득 그 여자의 가방이 눈에 들어왔어. 양털 담요, 라디오 수신기, 시집 한 권, 프랑스 담배, 옷가지들, 그리고 바이올린 하나가 들어 있었지…… 두둑한 달러 뭉치와 프랑스 여권 두 개도 함께. 여자와 아기의 여권이었어. 나는 그 가방을 집어들었어. 조금 떨어진 곳에서 커다란 카키색 천 가방을 하나 발견했어. 텅 비어 있었는데, 폭발 당시 충격으로 내용물이 다 빠져버렸던 거야. 나는 그 안에 여자의 물건들을 옮겨 담고 그 가방을 등에 지고 객차에서 나왔어.

밖에는 구조대원들이 도착해 있었어. 도우러 온 사람들 중에는 우리 아버지와 남자형제들도 있었고. 사람들은 살수차로 불을 끄려 애쓰고 있었지. 나는 아연실색한 표정의 아버지와 시선이 마주쳤어. 내가 무슨 짓을 했는지 아셨던 거야.

그날 저녁, 나는 젬젬에게 이제 다시는 그의 집단이 벌이는 야만적인 범죄 행위에 참여하지 않겠다고 선언했어. 격렬한 언쟁을 벌였지. 너도 그 자리에 있었단다, 쿠마일. 소리를 질러대는 우리를 보며 울고 있었지. 젬젬은 흥분을 가라앉히고 너를 무릎 위에 앉힌 다음, 아빠가 범죄자에 야만인 같냐고 물었어. 넌 물론 아니라고 대답했지. 젬젬은 너를 꼭 끌어안고 다시 물었어. '그럼 엄마는? 엄마가 너무 비겁하다고 생각하지 않니?' 너는 영문도 모른 채 또다시 울기 시작했어. 그때 넌 겨우 다섯 살이었어. 난 끔찍하게 두려웠단다."

갑자기 숨이 막혔다. 몸을 일으켜 자리에서 일어났지만 다리가 후들거렸다. 나는 나무에 양손을 짚고 기댔다. 그리고 숨길을 트기 위해 입을 벌렸다. 극도의 혼란이 머릿속을 뒤흔들고 있었다. 고함을 내지르고 싶었다. 형언할 수 없는 감정이 솟구쳤다. 이것은 분노일까? 역겨움일까? 안도일까? 그것도 아니면 두려움인가?

잠시 후, 글로리아가 나지막이 말을 꺼냈다.

"일단 이야기를 마저 해야겠구나, 쿠마일. 판단은 이야기가 끝난 다음에 하렴."

나는 나무 아래에 쓰러지듯 주저앉아 두 손으로 머리를 감싼 채 다시 말을 이어나가는 가느다란 목소리에 귀를 기울였다.

"압하지야 사람들과 그루지야 사람들 사이에는 오래전부터 전쟁의 조짐이 보였어. 테러 사건 이후 우리가 살던 지역은 순식간에 심각한 정치적 혼란에 빠졌고, 젬젬의 목에는 현상금이 걸렸지. 젬젬에게는 선택의 여지가 없었어. 숨어 살 수밖에. 물론 우리를 데려가고 싶어 했어. 너를 바라볼 때면 젬젬은 거의 미친 사람 같았단다. 언제나 너를 용맹한 군인으로, 영웅으로 만들 거라고 다짐하곤 했어…… 너 같은 어린아이를 말이야!

난 결심을 굳히고 아버지와 어머니를 찾아갔어. 두 분은 내게 사모바르와 약간의 식량 그리고 네가 틈만 나면 펼쳐 보던 초록색 지도책을 주셨어. 오빠와 남동생들은 너를 꼭 끌어안아주고 내게 작별 인사를 건넸어. 포티아는 황급히 내 손에 종이 한 장을 쥐여줬지. 수후미에 사는 친구의 이름과 주소가 적혀 있었어. 마타신이라는 바에서 일하는 믿을 만한 사람인데, 캅카스 지역을 떠나야 할 일이 생겼을 때 그 사람에게 부탁하면 도와줄 거라면서.

그날 밤, 아버지는 우리를 트럭에 태우고 아무도 모르게 이웃 마을로 향했어. 그리고 그곳에 우리를 내려주셨지. 연로한 아버지는 가슴 아파하면서도 선로에 폭탄을 설치한 나를 용서하지 못하셨어. 다시는 나를 보고 싶어 하지 않았어.

나는 젬젬이 우리를 뒤쫓아올까봐 두려웠고, 그루지야 민병대가 젬젬과 우리의 관계를 알게 될까봐 두려웠어. 모든 게 다 두려웠지. 그러자 한 가지가 분명해졌어. 아무도 내가 젬젬 다바이에프의 아내라는 사실, 네가 그 사람의 아들이라는 사실을 알아서는 안 된다는 것. 우리는 신분을 위장하고 진실을 숨기고 우리를 이어주는 관계를 끊어야 했어. 심지어 너와 나 사이의 관계까지도. 그건 죽느냐 사느냐의 문제였거든.

그렇게 떠돌이 생활을 하면서 일 년을 살았어. 기억하기도 싫은 나쁜 인간들도 만났지만 기꺼이 우리를 도와주던 용감한 사람들도 있었지. 그러다가 내가 훔쳐 지니고 있던 프랑스 여권 두 개에 희망을 걸게 되었어. 언젠가 그 여권이 우리 목숨을 살리는 날이 올 거란 생각이 들었거든.

바로 그때부터 너에게 그 이야기를 들려주기 시작했단다. 넌 너무 어렸어! 어떻게 그런 끔찍한 현실의 시련을 겪게 할 수 있었겠니? 난 네가 아빠를 테러리스트로 기억하게 하고 싶진 않았어. 열차 사고가 빚은 죽음의 무게를 네 어깨에 지우고 싶지도 않았고. 가족과 생이별을 한 아픔을 너에게 안기고 싶지 않았어. 네 인생은 아름답고, 희망과 빛으로 가득 차길 바랐어. 이해하겠니? 그래서 네 출생의 이야기를 지어낸 거야. 네게 좀더 그럴듯한 과거를 만들어주고 싶었어.

매일 밤 세세한 내용과 새로운 사건을 덧붙였지. 군장을 열어 그 안에 든 물건들을 이용해 내가 꾸며낸 이야기에 신빙성을 더했고. 그 책이 그랬어. 프랑스에서 태어나진 않았지만 프랑스어로 시를 쓴 시인의 책. 시인의 이름이 블레즈 상드라르였어. 러시아에서도 살았대. 그 시인의 작품에서 '잔'이라는 이름을 찾아 냈어. '포르튄'은 그냥 담배 상표였고…… 너한테 거짓말을 하고 있다는 생각은 들지 않았어. 내겐 오로지 너를 보호해야 한다는 생각밖엔 없었으니까."

트빌리시의 한여름 무더위 속에서 나는 나무 아래에 앉아 미동도 하지 않았다. 양손으로 감싼 머리는 꼼짝도 하지 않았고, 심장만이 요동치고 있었다. 태양은 기울어 이제 강 쪽을 향하고 있었다. 갈증도 허기도 느껴지지 않았다. 엄청난 충격 외엔 아무것도 느껴지지 않았다.

글로리아는 녹초가 되어버렸다. 앞으로 일어날 일을 두려워하는 듯했다. 어찌해야 할 바를 몰라 난감해하던 나는 겨우 입을 열었다.

"그럼 몽생미셸 이야기는요?"

글로리아는 한숨을 내쉬었다.

"하 아저씨가 여권을 위조할 때 열차 사고로 사망한 여자와 아이의 이름을 깨끗이 지워줬어. 우리가 의심받을 여지를 없애버린 거지. 그러다가 카탈로그 속의 사진들을 흥미롭게 보는 네 모습을 보고 하 아저씨가 몽생미셸에 관한 이야기를 지어낸 거야. 이게 너의 진짜 이야기야, 쿠마일."

나는 조그마한 구름 덩어리들과 눈부시게 멋진 푸른 빛깔이

어우러진 캅카스의 하늘을 올려다보았다. 그러고는 사방으로 흩어져 있는 생각들을 정리하려고 애썼다. 하지만 마음대로 되지 않았다. 그 자리에서 아무 말 없이 천년만년 보낼 수도 있을 것 같았다. 아예 마른 땅 속에 뿌리를 내리거나 돌멩이가 되거나 그것도 아니면 그냥 먼지처럼 사라져버릴 수도 있을 것 같았다.

얼마나 흘렀을까, 벌레 한 마리가 뺨 위에 올라앉았다. 손등으로 벌레를 쫓으려는 이 반사적인 행동이 나를 현실로 되돌려놓았다.

"내가 글로리아의 아들이란 말이죠…… 진짜 아들……"

글로리아는 터져나오려는 울음을 참으며 입을 열었다.

"소중한 물건들의 목록, 기억나니?"

나는 고개를 끄덕였다.

"너는 끊임없이 물었지. '그런데 젬젬은? 젬젬은 뭘 주고 갔어요?' 이제는 가르쳐줄 수 있어. 젬젬은 내게 세상 그 어떤 선물보다도 더 소중한 선물을 줬어. 그 선물은 바로 너란다, 쿠마일."

나는 잔디밭에 무릎을 꿇고 앉아 방금 그 말을 한 사람을 쳐다보았다. 글로리아다. 내가 그토록 찾던 나의 글로리아…… 나의 엄마! 나의 엄마가 소리 없이 울며 그 무더운 날씨에 부들부들 떨고 있었다. 머릿속에선 '나한테 거짓말을 했어! 그 오랜 세월 거짓말을 했다고!'라는 생각이 맴돌았다. 하지만 나는 이렇게 말했다.

"마음속 깊은 곳에서는 언제나 그 사실을 알고 있었던 것 같아요."

# 46

그날 밤, 나는 혼란스러웠다. 혼자 생각할 시간이 필요했다. 글로리아는 기력이 다한 상태였다. 그래도 조금은 편한 마음으로 병실을 나올 수 있었다.

병원을 나서기 전에 레오니제 박사의 사무실에 들렀다. 그리고 텔레비전 방송이 나간 뒤 글로리아를 찾아왔던 남자에 대해 물었다. 박사는 그 남자가 자신의 신분을 밝히길 거부했다고 말했다.

"여기서는 흔한 일입니다." 그는 웃으며 덧붙였다. "전쟁이 아주 먼 옛날 일이 아니니까요. 모두들 저마다의 상처가 있죠."

나는 고개를 끄덕인 뒤 내일 다시 오겠다는 말을 남기고 사무실을 나섰다.

야간에는 폭력 사건이 빈번하다는 프랑스 대사관의 경고도 무시한 채 나는 몇 시간 동안 시내를 걸어다녔다. 두려울 것이 없었다. 보호받고 있다는 느낌이 들었다.

호텔로 돌아온 나는 창가 옆 테이블 앞에 앉아 수첩과 볼펜을 꺼내 들었다. 그리고 머릿속에 떠오르는 생각들을 프랑스어로 하나씩 적어나갔다. 문제가 생겼을 때 유용하다고 조르주 선생님이 가르쳐준 방법이었다.

1. 내 진짜 이름은 쿠마일 다바이에프다.

2. 나는 1985년 12월 28일, 내 초록색 지도책 68페이지에 나오는 캅카스 지역 압하지야의 어느 과수원에서 태어났다.

3. 엄마는 글로리아 바실리에브나 다바이에바다.

4. 아빠는 젬젬 다바이에프다.

5. 나는 외가 쪽으로는 러시아계이고, 친가 쪽으로는 체첸계이다. 그리고 거짓말 덕에 프랑스 공화국의 국민이 되었다.

6. 잔 포르튄이란 사람은 존재하지 않는다.

7. 블레즈는 어느 시인의 이름이다. 포르튄은 담배 상표이다.

8. 열차 테러로 한 여자와 아이가 사망했다. 엄마가 그 폭탄을 만들었고, 아빠가 설치했다.

9. 나는 두 테러리스트의 아들이다.

10. 바실리 할아버지는 내 외할아버지다. 리우바 할머니는 내 외할머니다. 내게는 외삼촌이 다섯 명 있다. 아직도 살아 계실까?

11. 젬젬은 살아 있다. 텔레비전 방송에서 글로리아를 알아본 사람은 분명 젬젬이었을 것이다. 아직도 트빌리시에 있을까?

12. 글로리아는 내게 거짓말을 했다.

13. 글로리아는 트럭 화물칸에 나를 버렸다.

14. 왜?

나는 볼펜을 내려놓고 목록을 훑어봤다. 진이 빠졌다. 공허했다. 나는 비틀거리며 침대로 가 그대로 쓰러졌다.

아침에 눈을 뜨면서 내가 꿈을 꾼 건 아닌지 잠시 생각했다. 오랜 혼수상태에서 방금 깨어난 것 같은 기분이 들었다. 나를 둘러싼 모든 세상이 어제와는 완전히 달라 보였다. 하지만 어제와 같은 하늘, 같은 태양이었다.

뜨거운 물에 샤워를 하고 프루든스에게 전화를 걸었다. 파리는 아침 여덟시였다. 우리의 작은 아파트에서 여전히 잠옷 차림으로 커피 한 잔을 앞에 두고 있을 프루든스의 모습이 그려졌다. 삼십 분 후면 현관문을 닫고 집세의 일부를 벌어주는 꽃가게로 나갈 터였다. 그리고 피곤에 지친 몸으로 돌아와 저녁에도 공부를 계속하겠지. 9월에 교사 자격 시험을 치를 예정이었다.

프루든스는 내 목소리를 듣고 반가워했다. 내 전화를 기다리고 있었던 것이다.

"어떻게 됐어?"

"글로리아를 찾았어."

"기분이 어때, 블레즈?"

"좋아."

"글로리아는?"

"많이 안 좋으셔. 오래 사시지는 못한대."

"……"

"아무래도 프랑스까지 모시고 갈 수는 없을 것 같아. 여기 곁에 있을 생각이야."

"그래."

"꼭 서로 소개시켜주고 싶었는데……"

"알아. 우리 사진이라도 보여드려."

"그럴게."

잠시 침묵이 흘렀다. 전화에서 이상한 잡음이 들렸다.

"돌아가서 다 이야기해줄게…… 블레즈 포르튄에 관한 진실."

"알았어."

프루든스가 전화를 끊기 전에 한마디 덧붙였다.

"사랑해, 블레즈."

# 47

레오니제 박사가 4층 병실 문 앞에서 나를 기다리고 있었다. 박사는 안으로 들어가려는 나를 살며시 문밖으로 밀어냈지만 코에 각종 튜브를 꽂은 채 창백한 안색으로 누워 있는 글로리아의 모습을 볼 수 있었다.

"밖으로 나갑시다. 일단 복도에서 얘기합시다. 잠깐이면 됩니다. 그다음에 두 분만 계실 시간을 드리겠습니다."

장식용 액자와 밝은 화풍의 그림이 걸려 있었지만 복도는 음산했다. 의사는 내 어깨에 한 손을 올리며 말했다.

"환자 상태가 갑자기 악화됐습니다. 그래서 어젯밤에 인공호흡기를 연결했습니다."

"저 튜브들을 말씀하시는 건가요?"

"네, 그렇습니다."

의사는 글로리아의 폐 손상 정도와 기능 저하에 대해 설명했다. 의식은 살아 있고 말도 할 수 있지만 긴 대화는 불가능하다고 했다. 그리고 환자가 무리하지 않도록 주의하라면서 비상시 침대 옆에 있는 버튼을 누르면 간호사가 달려올 거라고 했다.

의사는 자리를 비켜주었고 나는 병실로 들어갔다.

글로리아는 눈을 뜨고 있었다. 두 팔은 몸 옆에 곧게 놓여 있었다.

"쿠마일……" 글로리아는 미소를 지었다. "네가 다시 오지 않을까봐 걱정했단다."

"쉿……" 나는 곁에 앉으며 말했다. "말을 너무 많이 하면 안 된대요."

"이런, 이런…… 의사들 말은 귀담아들을 필요 없어. 우리에겐 남은 시간이 얼마 없잖아."

목이 메었다. 나는 나지막이 말했다.

"바보 같은 소리 하지 마세요. 곧 회복될 거예요……"

나는 불안을 떨쳐내기 위해 프랑스에서 가져온 선물들을 하나씩 풀었다. 가장 먼저 내 프랑스 여권과 신분증을 보여주었다.

"정식으로 공증된 것들이에요. 위조 불가능한 홀로그램도 있어요. 이건 하 아저씨도 절대 흉내 낼 수 없을걸요!"

글로리아는 베개에 기대 누운 채 미소를 지었다.

"잘됐어. 이제 마음이 놓이는구나. 난 언제나 너에게 미래라는 걸 마련해주고 싶었단다 . 이 나라에선 불가능했어. 프랑스에선 가능했지. 좋은 나라니까."

나는 신분증을 집어넣고 한숨을 내쉬었다.

"어쩌면요, 하지만 프랑스는 내 나라는 아니에요."

"이제는 맞아! 이제는 네 나라야."

"모르겠어요."

나는 두번째 선물을 꺼냈다. 몽생미셸의 기념품 가게에서 고른 플라스틱 제품. 몽생미셸과 수도원 건물, 천사상이 들어 있는 스노글로브. 흔들면 사방으로 눈송이가 흩날리는 제법 예쁜 기념품이었다.

"다시 만날 날을 생각하며 산 거예요. 받으세요."

글로리아는 양손으로 스노글로브를 받아들었다. 그러고는 가짜 바다와 돛 달린 배 등의 미니어처로 장식된 내부를 유심히 살펴보았다.

"이런 곳에서 태어나면 정말 좋겠다."

"맞아요. 하지만 난 거기서 태어나지 않았지요."

"그게 그렇게 중요하니? 아름다운 이야기라면 그걸 믿고 싶어지지 않니?"

"모르겠어요."

나는 세번째 선물을 꺼냈다. 모데스테 아저씨와 조르주 선생님의 도움으로 준비한 사진첩이었다. 나는 거기에 지금까지 찍은 사진들은 가능한 대로 다 정리해놓았다. 첫번째는 푸아티에 기숙사에 도착한 날 사진이었다. 조르주 선생님 말대로 내 얼굴은 장례식장에 온 아이처럼 침울해 보였다. 매해 학년이 끝날 때마다 찍은 학급 사진을 비롯해, 다른 사진에서보다 조금 더 웃고 있는 생일날 찍은 사진들이 뒤를 이었다. 사진첩을 넘길 때마다 나는 조금씩 자라 있었다. 마지막은 프루든스와 함께 파리의 대표 건축물들을 배경으로 찍은 사진들이었다. 에펠탑, 노트르담 대성당, 개선문, 사크레쾨르 성당, 루브르 박물관과 유리 피라미드……

"이 친구의 이름은 프루든스 윌슨이에요. 라이베리아 태생이에요. 육 년 전부터 떨어질 수 없는 관계가 되었죠. 지금은 포르트 데 릴라에 있는 작은 아파트에서 함께 살고 있어요. 선생님이 되는 게 꿈이에요. 어때요?"

"멋지구나, 정말 멋져." 글로리아의 눈에서 눈물이 계속해서 흘러내렸다.

나는 사진첩을 덮었다. 그러자 글로리아가 등산가가 밧줄을 잡듯 내 손을 꽉 쥐었다.

"나도 너와 함께 프랑스에 가고 싶었단다. 최악의 상황이 닥치더라도 프랑스에 갈 수 있을 거라고 생각했어…… 그런데 정말 최악의 상황이 벌어졌던 거야. 내 심장을 갈가리 찢어놓으면서."

글로리아는 내 손을 매만졌다.

"너를 그 트럭 화물칸에 떼어놓고, 난 너와 헤어지게 될까봐 가슴이 저렸단다. 하지만 네게 기회가 생길 수 있는 유일한 방법이었어. 어린아이가 프랑스 국경을 넘을 경우는 비록 여권이 위조된 것이라 해도 구제될 수 있었으니까."

"그 말은…… 그때 이미 무슨 일이 벌어질지 알고 계셨다는 거예요?"

글로리아는 세차게 고개를 가로저었다. 몸에 연결되어 있던 튜브들이 팽팽하게 당겨졌다.

"아니! 다만 운명에 맡겼던 거야, 쿠마일! 난 온 마음으로 너와 함께 프랑스로 가고 싶었어! 하지만 어떻게 나 자신을 속일 수 있었겠니. 위조 신분증에다 테러행위로 수배자가 된 성인이 그물 같은 포위망을 빠져나갈 가능성은 아주 희박해. 너와 같이 캅카스에 남는다는 건, 그건 우리 둘 모두의 목숨을 위험에 빠뜨리는 행위였어. 이해할 수 있겠니?"

나는 당황스럽고 고통스럽고 혼란스러운 마음으로 글로리아를 바라보았다. 나는 거의 고함치듯 대답했다.

"모르겠어요!"

"내 눈을 봐, 쿠마일. 나는 이미 그 시절부터 병들어 있었어. 너도 기억날 거야. 너한테는 언제나 반대로 이야기했지만 나는 항상 죽는다는 게 두려웠어. 나한테 무슨 일이 벌어지기 전에 너를 안전한 곳으로 피신시켜야 했어. 전쟁에서 먼 곳으로, 젬젬에게서 멀리 떨어진 곳으로 말이야."

나는 두 손으로 얼굴을 쓸어내렸다. 참을 수 없는 분노와 헤어나기 힘든 슬픔이 동시에 느껴졌다.

"트럭 운전사는 독일에서 휴게소에 잠시 들른 사이 글로리아가 도망갔다고 말했어요……"

"그 말을 믿니?"

"아니요. 무슨 일이 있었던 거예요?"

"아마 단속에 걸릴까봐 두려웠던 것 같아." 글로리아는 한숨과 함께 설명을 이어나갔다. "독일에 도착하니까 기름을 넣어야겠다고 하더구나. 주유소 앞에는 차들이 줄을 서 있었고, 그 사람이 내게 잔돈을 주면서 커피를 사오라고 했어. 난 그 사람을 믿었지. 그래서 차에서 내렸어. 양손에 종이컵을 들고 돌아왔을 땐 이미 트럭이 떠난 뒤였단다."

글로리아의 얼굴은 고통으로 일그러져 있었다. 그러더니 사시나무 떨듯 온몸을 부르르 떨기 시작했다. 나는 가까이 몸을 숙였다. 그러자 글로리아가 몸에 연결된 튜브도, 쇠약해진 몸 상태도 아랑곳 않고 두 팔로 나를 꼭 안아주었다.

"그때는 정말 너무 슬퍼서 미칠 것 같았어, 쿠마일. 걸어서라도 프랑스에 가려고 했단다. 그러다 결국 붙잡혔고, 이렇게 캅카스로 송환되고 말았어. 그 오랜 세월 내가 버틸 수 있었던 건 오직 프랑스에서 자유롭고 안전하게 살고 있을 네 모습을 상상한 덕분이었어. 그리고 이제 너는 정말 그곳에 살고 있구나! 넌 프랑스 국민이야. 너에게는 모든 미래가 있어, 그렇지 않니?"

"……"

"우리가 했던 말을 기억하렴. 앞만 보고……"

나는 글로리아의 입술에 검지를 갖다댔다. 쉿. 이제 더이상 말하지 말고 쉬어야 해요. 나도 순식간에 너무 많은 이야기를 들은 터라 폭발 직전이었다.

"저녁에 다시 올게요, 알았죠?"

글로리아는 고개를 끄덕였다.

"오랫동안 내 곁에 있어주셔야 해요." 나는 자리에서 일어서며 말했다. "내겐 언제나 글로리아가 필요하거든요."

나는 침대 옆 작은 탁자에 스노글로브와 사진첩을 올려두었다. 그리고 병실 밖으로 나가려다가 멈춰 섰다. 물어보고 싶은 중요한 질문이 세 가지나 남아 있었기 때문이다.

"텔레비전을 보고 찾아온 사람이 젬젬이었죠?"

글로리아는 눈을 돌려 천장을 올려다보았다. 망설이고 있었다. 그러다가 고개를 끄덕였다.

"지금 트빌리시에 있나요?"

거듭 그렇다는 대답이었다.

마지막 질문은 굳이 질문이라고 할 수는 없었지만, 그래도 꼭 입 밖으로 내야 했다.

"이제부터는 계속 '엄마'라고 불러도 되는 거예요?"

글로리아는 입술을 깨물었다. 그리고 이번에는 고개를 세 번 끄덕였다. 세 번의 긍정.

나는 서둘러 병실을 나와 문을 닫았다. 복도에 한 걸음을 막 내디뎠을 때 병실에서 흐느껴 우는 소리가 들려왔다.

# 48

한여름의 무더위 속에서 그렇게 3주의 시간이 흘러갔다.

레오니제 박사의 도움으로 병원 근처에 작은 방 하나를 얻을 수 있었다. 당장이라도 무너져내릴 것 같은 건물 1층의 작고 시원한 방이었다. 창문은 동네 아이들이 모여 노는 돌바닥 안뜰 쪽으로 나 있었다. 나는 떨칠 수 없는 옛 기억에 사로잡혀 몇 시간이고 아이들이 뛰노는 모습을 지켜보았다.

엄마의 건강 상태는 호전과 악화를 반복했다. 푹 쉰 것처럼 눈에 생기가 도는 날이면 우리는 같이 산책을 나가기도 했다. 하지만 그럴 기운이 없는 날이 더 많았다. 그런 날이면 나는 침대 발치에 앉아 그 순간을 즐기는 데에 만족했다.

엄마는 프랑스에 관해서, 내 학업에 대해서, 프루든스와 내가 세운 수많은 계획에 대해서 물었다. 얼마나 꼬치꼬치 캐묻는지 피곤해질 정도였다. 엄마의 궁금증이 해소되고 나면, 이제는 내 차례였다. 우리 모자는 그런 식으로 지난 세월의 공백을 채워나갔다.

"나를 원망하니, 쿠마일?"

"아니요. 원망하지 않아요, 엄마."

"정말이지?"

"……"

나는 엄마를 끌어안고, 엄마도 나를 끌어안았다. 우리의 대화는 늘 그렇게 마무리되었다. 밤에 병실을 나서기 전에는 언제나 블레즈 상드라르의 산문시를 읽어주었다. 러시아와 시베리아 횡단 열차와 프랑스 여자아이 잔이 나오는 이야기였다. 시집은 프루든스가 파리의 서점에서 구입해 우편으로 보내주었다. 엄마가 가장 좋아하는 구절은 잔이 끊임없이 질문을 던지는 대목이었다: "말해줘요, 블레즈, 몽마르트르까지는 아직 멀었어요?"

내가 프랑스어로 읽어주면 엄마는 단숨에 따라 했다.

"디블레즈솜누비엥루앙드몽마르트르?"

어느 날 저녁 병원에 와보니 엄마의 몸에는 또다시 여러 개의 튜브가 연결되어 있었다. 팔로 수액이 흘러들어가고 있었고, 얼굴에는 산소마스크가 씌워져 있었다. 레오니제 박사는 엄마가 의식 불명 상태라고 말했다.

엄마 곁에는 기계가 하나 놓여 있었다. 엄마 대신 숨을 쉬는 기계가.

"마지막인 것 같습니다."

나는 아무 말도 하지 않았다.

"원하신다면 오늘 밤은 여기서 보내셔도 됩니다."

# 49

나는 소음을 내는 기계를 마주 보고 엄마 옆에 있는 의자에 앉았다. 도시에 밤이 내려앉았다. 밤공기는 포근했다. 나는 창문을 활짝 열었다. 약 냄새가 싫었다.

그리고 수첩을 펼쳐 이렇게 적었다.

이렇게 기적의 시간도 끝이 났다. 나의 엄마 글로리아 바실리에브나 다바이에바는 겨우 마흔한 살이지만 머지않아 돌아가실 것이다. 괜히 엄마 앞에 다시 나타나 옛 기억을 떠올리게 만들어 생에 남은 마지막 기력을 다 쓰게 한 건 아닌지 두렵다. 레오니제 박사님은 그렇지 않다고 했다. 엄마의 병은 아주 오래됐다고. 지금까지 이렇게 살아 계셨던 건 모두 내 덕분이라고…… 박사님 말이 옳을 수도 있다. 누카 아줌마의 예언을 믿으며 나를 다시 만날 날만 기다리고 있었을지도 모른다. 그토록 많은 비밀을 간직하고 있었다니! 그건 엄마의 짐이었다. 엄마를 계속 앞으로 나아가게 했던 보이지 않는 군장. 이제 그 부담을 덜어낸 글로리아 보엠은 자유롭게 마지막 국경을 넘을 수 있다.

엄마의 눈꺼풀은 감겨 있었다. 펜을 든 채 그 모습을 보고 있자니 파티마가 떠올랐다. 두 눈으로 세상을, 세상의 폭력을 보기를 거부했던 파티마. 지금은 어떻게 지낼까? 그리고 에밀은? 스탐벡, 마야, 수키, 귀걸이 대장, 한스카 부인은 어떻게 됐을까? 길에서 만났던 모든 사람들은 어떻게 지내고 있을까? 인생에는 지키지 못한 약속들이 수없이 많다.

나는 다시 펜을 들었다.

거짓말을 하는 것과 이야기를 지어내는 것은 서로 다른 것일까?

희미한 어둠 속에서 기계의 표시등이 깜빡이고 있을 뿐, 그 물음에 대한 답은 찾을 수 없었다. 하지만 단 한 가지 확신할 수 있는 건, 나에 대한 엄마의 사랑이었다.

나는 수첩을 내려놓고 창가로 가 팔꿈치를 괴었다. 눈앞에 도시의 풍경이 펼쳐졌다. 마치 하늘의 별이 반사된 것처럼 점점이 반짝이고 있었다. 오가는 사람들의 모습이 보였다. 언제나 전쟁과 평화 사이에서 주저하는 캅카스 지역, 사람들은 곡절과 걱정과 슬픔과 총성 속에서도 자신들의 길을 걸어간다. 나는 지금 바로 그곳에 있다. 스무 살이고, 이 도시 어딘가에서 나를 기다리고 있을지 모를 아버지가 있고, 다른 나라에서 나를 기다리는 사랑하는 사람이 있다. 그리고 내 마음은 지도책 책장을 넘나든다.

고개를 돌렸다. 엄마는 이제 담요 아래 놓인 하나의 육신일 뿐이었다. 이제 더이상 아침이 밝아오는 걸 보지 못하리라.

나는 엄마에게 다가갔다. 그리고 몸을 숙여 미동조차 없는 이마에 입을 맞추었다. 억누르기 힘든 슬픔이 밀려왔지만 나는 미소를 지으며 엄마의 손을 꼭 잡았다. 엄마가 내게 남긴 것 중에 절망을 물리치는 특효약이 하나 있었다. 바로 희망. 눈물이 줄줄 흘렀지만 엄마가 가르쳐준 대로 내 삶을 살아가겠다고 약속했다.

언제나 앞을 보고 곧장 걸어가겠노라고.

또다른 지평선을 향해.

옮긴이 **이승재**
한국외국어대학교 불어교육학과와 같은 대학 통번역대학원을 졸업했다. 『피의 고리』『속삭이는 자』『비스트』『13번째 마을』『스키다마링크』『테러』『예술의 기원』 등을 우리 말로 옮겼다.

문학동네 청소년문학 원더북스
기적의 시간

초판인쇄 2012년 2월 17일 | 초판발행 2012년 2월 28일

지은이 안 로르 봉두 | 옮긴이 이승재 | 펴낸이 강병선
책임편집 김미혜 | 편집 강인경 김이선 이은현 | 독자 모니터 이민아
디자인 김이정 이원경 강혜림 | 저작권 김미정 한문숙 박혜연
마케팅 정민호 김도윤 박보람 | 온라인마케팅 이상혁 장선아
제작 안정숙 서동관 김애진 | 제작처 (주)상지사P&B

펴낸곳 (주)문학동네
출판등록 1993년 10월 22일 제406-2003-000045호
주소 413-756 경기도 파주시 문발동 파주출판도시 513-8
전자우편 editor@munhak.com | 대표전화 031) 955-8888 | 팩스 031) 955-8855
문의전화 031) 955-3576(마케팅) 031) 955-8868(편집)
문학동네카페 http://cafe.naver.com/mhdn

ISBN 978-89-546-1745-1 03860

www.munhak.com

| 쿠마일의 여정 다시보기 |

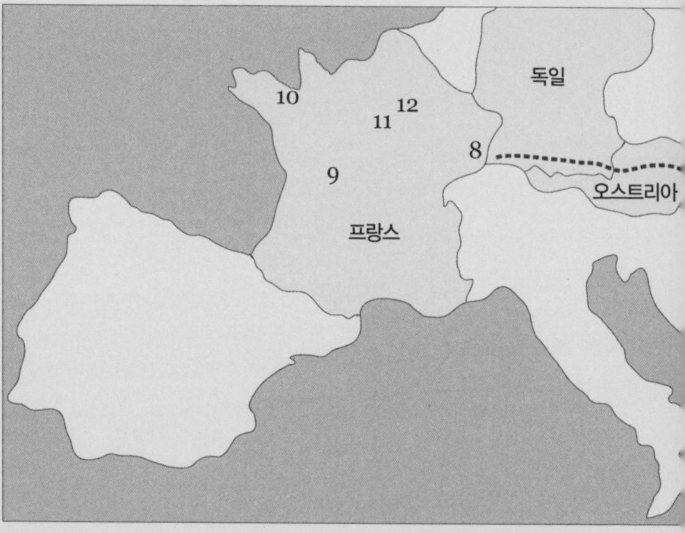


1. 건물
이곳에서 쿠마일은 쇠고기 부위별 명칭과 격투기를 배웠다.

2. 수마술라
이곳에서 쿠마일은 호수에도 빠지고, 맨 처음 사랑에도 빠졌다.

3. 수후미
이곳에서 쿠마일은 프랑스에 관한 책자를 얻고 두번째 사랑에 빠졌다.

4. 오데사
이곳에서 사모바르와 라디오를 도둑맞았다.

5. 몰도바
이곳에서 글로리아가 화가 난 농장 주인의 따귀를 때렸다.

6. 루마니아
이곳에서 쿠마일은 영혼의 소리를 듣게 해준 집시들과 함께 살았다.

7. 고속도로 휴게소
이곳에서 글로리아는 스페인 트럭 운전사와 협상을 했다.

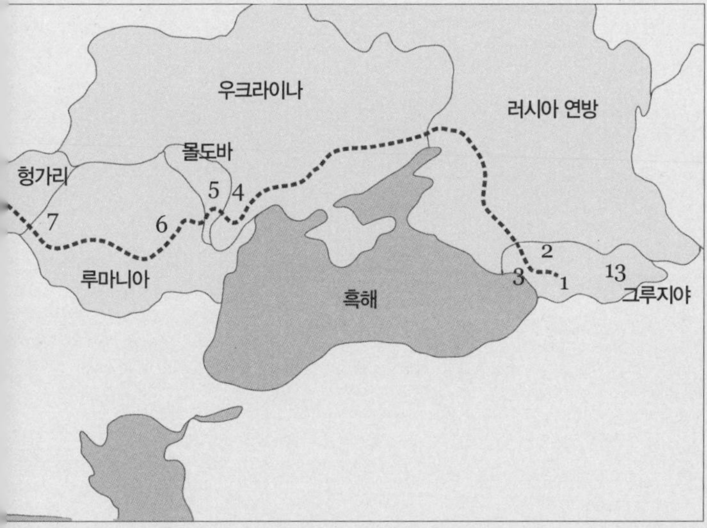


8. 4번 고속도로
이곳에서 쿠마일의 어린 시절은 급작스럽게 일단락되었다.

9. 푸아티에
이곳에서 쿠마일은 프랑스어를 배웠고, 프루든스의 단짝이 되었다.

10. 몽생미셸
이곳에서 쿠마일은 자신에게 정말 중요한 게 무엇인지 깨달았다.

11. 파리
이곳에서 쿠마일은 공식적인 프랑스인으로서의 삶을 시작했다.

12. 샤를 드골 공항
이곳에서 쿠마일은 두근거리는 마음을 안고 캅카스 지역으로 돌아갈 준비를 했다.

13. 트빌리시
이곳에서 쿠마일은 진실을 알게 됐다.